W0203202

L'Indélicatesse des mots

Sarah Degny

L'Indélicatesse des mots

Michel Lafon

118, avenue Achille-Peretti – CS 70024
92521 Neuilly-sur-Seine Cedex

Je dédie ce livre à toutes les petites filles qui sont devenues des dames.

Je le dédie aussi à mon grand-père qui serait très fier de moi aujourd'hui, parce que j'ai du talent mais surtout l'enveloppe corporelle d'une femme.

Je le dédie alors même qu'il n'est pas encore fini à cet instant précis, mais comme ma mère me l'a toujours dit, ce que je sais le mieux faire, c'est vendre la peau de l'ours avant de l'avoir tué. Il est donc temps de le tuer.

Préface

Comme vous certainement, je n'ai jamais vu Sarah. Je ne la connais qu'à travers ses formules publiées dans « La Délicatesse des mots ». Je ne la connais que par ses mantras impies, ses slogans doux et sensuels, ses punchlines littéraires et salissantes, qui offrent dans leur ensemble une vision singulière du monde.

Son monde.

J'ai toujours aimé qu'on me présente la réalité sous un angle nouveau. J'ai toujours aimé comprendre, à travers le regard d'un·e autre, une situation dont les enjeux m'avaient échappé. J'ai toujours aimé que celles et ceux que je rencontre me racontent leur histoire, leur fond, avec leurs erreurs et leurs victoires, sans besoin de prouver ni de plaire, juste leur histoire, pour qu'on les comprenne. Souvent, pour parvenir à ce que mon·a interlocuteur·ice ose me raconter le fond de lui, je commence par moi.

Il me semble que ce livre est un peu cette promesse : l'histoire d'une vie pour qu'on la comprenne, une vie qui commence, mais qui charrie déjà des traumatismes capables d'orienter l'existence tout entière. Bien sûr, tous les traumatismes influencent l'existence. Bien sûr, tous les traumatismes perturbent notre jugement, c'est même à ça qu'on les reconnaît. Mais alors, une fois cela dit, que faire de nos tourments ? Comment les accepter ? Comment en faire, sinon des alliés, au moins un moteur, dans le refus de leur inéluctabilité ? Que faire de notre milieu social ? Du creuset dans lequel on grandit ? Comment s'en accommoder ? Comment trouver le recul pour le critiquer, le comprendre, l'aimer, et quand il le faudra, comment en sortir ? J'ai compris à travers ce livre que, pour répondre à ces questions, il faut se raconter, décrire son entourage, sans concessions, sans fausse pudeur ni modestie, sans fierté ni honte, en parler, comprendre les atouts et les faiblesses qui font notre existence, et s'en servir. C'est comme ça qu'on grandit et que l'on se résout.

Je n'ai jamais vu Sarah, mais je la connais maintenant, depuis ses fonds, depuis ses tréfonds, depuis ses gonds, et même au-delà, jusqu'à ses combles, ses ciels et ses grandes joies. Je relis désormais ses publications avec un œil averti, et je les trouve bien aiguisées.

Les autoportraits ont cela de riche : quand on se dépeint on ne se décrit pas vraiment, on propose une vision de soi. Pour réussir cet exercice, il ne faut pas que le lecteur se dise : « Vous avez vu comme c'est beau ! » mais « Vous avez vu comme c'est lui. »

Je n'ai jamais vu Sarah, comme vous certainement, et finalement peu importe, car dans cet ouvrage elle m'a fait dire le fond de moi, en commençant par elle.

Ben Mazué

Avant-propos

Cher lecteur,

Dans la vie, il existe toujours deux faces : celle qu'on veut bien montrer et la face cachée. Si vous détenez ce livre sans déjà me connaître, je tiens une page littéraire sur Instagram sous le pseudonyme « La délicatesse des mots » depuis quatre ans.

J'ai d'abord souhaité faire un recueil de mes textes, par pudeur et par fuite, puis j'ai réalisé que compliquer les choses était beaucoup plus satisfaisant. Depuis que je publie sur internet, tous mes textes sont des déguisements, des guirlandes littéraires qui enrobent le sale pour le sublimer.

Dans ce récit, j'alterne les courts textes que je publiais en ligne avec l'indélicatesse qu'ils dissimulaient, la tache. Ne vous inquiétez pas, cela va mal se passer.

J'ai grandi dans un océan de seins et de fesses. À l'âge où la Barbie fait office de tête à coiffer sous la douche, je faisais faire l'amour à la mienne au creux des reins d'un Ken au sexe inexistant. Peut-être que d'autres enfants le faisaient, eux aussi, mais peut-être pas pour les mêmes raisons que moi. Longtemps, j'ai ressenti ce besoin, quasi inexplicable, d'être considérée comme un être pensant. Alors qu'après tout, j'étais une fille, une jolie fille qui plus est. Paradoxalement, je portais en moi cet inlassable besoin de m'autosexualiser dès lors que je me trouvais entourée de garçons. À la maison, la femme était sensuelle, objet de désir sans issue sinon celle d'y succomber comme on s'empresse d'aller confesser ses péchés auprès du curé du coin, pas plus lavé que vous quant à ses envies lorsque vous les lui vomissez. Chez mon grand-père, il n'y avait qu'une grand-mère, mais beaucoup, beaucoup, beaucoup de seins. C'est ainsi que commence cette histoire. Dans un flot de mamelles qui étranglent une petite fille, prête à grandir avec les siennes.

« J'ai toujours aimé dire non. Non je n'ai pas envie, non je préfère cela. Oh, c'est vrai, tu as probablement raison chéri, mais non. Petite fille, j'ai presque failli m'oublier dans le oui, étouffant et facile. Incarner la vilaine sorcière, un fier sourire aux lèvres avec l'élégance du non, c'est un grand oui. Au-delà du charme que cet adverbe dégage, le non dissimule un trésor : la liberté. »

Au moment où j'écris ces mots, les notes de la *Gnossienne n° 1* d'Erik Satie résonnent dans ma tête. Comme ce morceau, je suis une enfant triste et belle à la fois. Je suis la petite fille chérie, la fille à son papa, parfaite et lisse, celle qui rit, parle et se tait lorsqu'il faut le faire. Je me brosse les dents matin et soir, sais qu'il est important de se laver les mains avant chaque repas, remercier et dire s'il vous plaît. Je ne fais aucune faute d'orthographe, je lis, dessine et chante. Je ne sais pas dire non, j'accepte de manger tout ce qu'on me propose même lorsque je n'aime pas, quitte à me rendre malade. J'accueille toujours avec un large sourire aux lèvres chaque habit que m'offre ma mère et les vacances que mes parents choisissent pour mon frère et moi. Le oui est presque le seul mot que j'utilise. C'est aussi mon abnégation face au trop-plein de beauté qui m'entoure et que j'ai peur d'enlaidir. Dans le oui, j'accède à une forme de confort qui habille parfaitement ma moue que tout le monde trouve adorable.

Disons que je préfère me taire plutôt que de déplaire. Déplaire ici-bas, chez nous, ça n'existe pas. Dans cette famille à laquelle j'appartiens, chaque être frôle le sublime et semble touché par la grâce. Ma mère est impressionnante de beauté et elle le sait. Elle chante divinement l'opéra et l'élégance de ses mains offre à chaque objet qu'elle touche une seconde vie. C'est elle qui transforme chaque pièce de notre appartement. Elle doit cette excellence naturelle à sa naissance, fille d'un peintre poète.

Mon père, quant à lui, prouve par ses nombreux atouts que l'exception humaine existe. Son érudition se marie à sa belle gueule. Il est doué d'une patience et d'une bonté à faire pâlir un tyran. Il aime transmettre et apprendre. Il me pousse aussi, très tôt, vers la littérature par crainte de me savoir perdue dans ce monde fou. La condition des femmes, guère avancée malgré l'époque, l'angoisse pour moi. Les livres sont pour lui une arme et il sait que les femmes prennent le pouvoir par l'écriture. Pour ne pas être sans cesse inquiet, il veut faire de moi une personne instruite et donc dangereuse. Quant au socle qui réunit cette famille, il se situe à Versailles, chez mes grands-parents maternels, un cadre prolifique où la bourgeoisie copule avec l'art. Tout est splendeur et élégance. Moi, je n'ai que quatre ans et toute cette splendeur m'inhibe. Je crains tant d'être ridicule que je préfère contempler en silence ce qui m'entoure, toujours assise aux premières loges de ce chef-d'œuvre familial. Lorsqu'on nous donne peu de place, il faut apprendre à observer. Mélancolique comme ce morceau d'Erik Satie, je suis une petite fille qui existe sans être là. Spectatrice et sage. Il faudrait toujours se méfier des petites filles trop sages, ce sont les pires.

« J'arpentais les escaliers de la maison et ses murs m'apprenaient les lignes d'un sein, la volupté d'un corps pulpeux, le galbe d'une fesse, la beauté féminine. Des peintures par centaines dévoraient les murs de cet antre qui prônait l'amour de la femme et du désir. Mon grand-père était ce genre d'être dont la coquinerie est glacée de pudeur et de grâce. Un peintre ingénieur. Mon monde se construisait, sans que je le sache encore, autour de la passion, de la beauté et de la complexité. Et on ne semblait pas s'inquiéter de me savoir plongée, dubitative, dans un magazine *Lui* pendant quelques discussions endiablées sur Chirac ou Jospin. J'avais six ans. »

Chez mes grands-parents, il y a des femmes partout. Près du grand canapé en velours dans le salon, sur ce même canapé en velours, assises en tailleur sur les cinq tapis marocains, puis à la file indienne accoudées à la véranda, ornées de coupes de champagne et cigarettes à la main. D'autres femmes font la conversation autour de la table à manger, et l'on peut entendre s'échapper du couloir quelques voix aiguës provenant de la cuisine au carrelage gelé. On les devine au mal de tête que provoquent les parfums Dior ou Chanel planants dans la chambre parentale. L'appartement suinte le désir, excessif et urgent. Un invité serait tiraillé entre malaise et trique brutale. Mais pourquoi toutes ces dames ? À première vue, elles sont toutes élevées au rang de muses, et quoique différentes, toutes identiques dans le but : celui de faire jouir mon grand-père. Moi, je n'ai pas leur âge. Lorsque je les regarde, l'orgasme déambule lentement, soutenu par de longues jambes et un large bassin. Un parfum, des ongles vernis, une gestuelle sensuelle semblant donner du sens à la vie de mon grand-père. Pourtant, toutes ces femmes sont des tableaux, des journaux, des magazines, ou encore des fenêtres de vidéos pornographiques sur l'écran de l'ordinateur familial. Je n'ai que six ans, et voici ce que la vie m'offre comme première image de la femme : le désir.

« Dans chaque début d'histoire, il y a l'espoir. Puis, la réalité, et enfin, la beauté, si nous décidons de la voir. »

Dans ce tableau versaillais où la femme est sensuelle, il y a surtout trois filles, celles de mon grand-père. L'une d'entre elles, la cadette, est malade. C'est la tache. Elle n'est pas très grande, plus difforme que voluptueuse avec un visage au teint diaphane, encadré par de longs cheveux gris. Un physique disgracieux dont les bras, le ventre rebondi, les jambes, le corps assemblés dans l'ombre forment un être à part. La nuit, il m'arrive de la voir apparaître dans d'horribles cauchemars où, soudain, elle se transforme en l'homme-pingouin dans *Batman* de Tim Burton, des pensées honteuses que je ne chasse jamais vraiment de mon esprit au réveil. Mon intelligence émotionnelle n'est pas encore celle d'une adulte, mais je ressens plus de peine que de frayeur lorsque je croise son regard. C'est un regard en feu. Il crie : « À l'aide, regardez-moi tous, regardez-moi au fond des yeux, je ne suis pas folle, je suis là, mais personne ne me voit. » Son âme souffre d'être coincée dans le mauvais corps et la magnificence des personnes de son sang lui rappelle qu'elle n'a aucun empire sur elle-même. Avant d'être cette jeune femme que je côtoie, ma tante est une petite fille qui multiplie les rendez-vous médicaux pour qu'on puisse trouver l'origine de son mal, mais en vain. Les médecins la savonnent comme un microbe qu'on passe au peigne fin, si bien qu'elle ne se lavera plus jamais de sa vie. La crasse de ma tante devient le prix du désespoir de mes grands-parents. Dans une famille qui caresse l'excellence, elle est le défaut de fabrication, la pièce cachée dans le château orné d'or et de pierreries. Pour son père, c'est autre chose. Dans la laideur de sa fille, il voit le sublime.

« Quand j'imagine les chemins de mon enfance, j'entends les hirondelles roucouler, je vois des enfants faire du roller et mon petit frère capturer des escargots pour leur sectionner fièrement les yeux sous le regard effaré de ma mère. Je sens des feuilles parfumées Diddl et vois mes parents amoureux. J'écoute les L5 et chante *Les Choristes* dans ma chambre. Je fais faire l'amour à mes Barbies, regarde la « Star Academy » et collectionne des photos d'animaux. Je demande à la petite souris un chaton contre une dent. Je demande au père Noël un chaton contre un cookie. Je perds des billes et gagne des calots. Je parcours tous ces chemins sensoriels et je souris. »

Avez-vous déjà connu un lieu si beau que son atmosphère vous envoûte ? Un endroit à l'image d'une bulle qui contiendrait tout le charme du monde, quelque part entre le songe et la réalité. Pendant dix ans, j'ai goûté à la douceur absolue d'un de ces lieux : le Parc de Diane. En habitant ce parc résidentiel situé près de Versailles, mes parents me permettent d'accéder à mon premier regard poétique. Là, tout autour des immeubles en briques rouges s'alignent des dizaines de cyprès, rectilignes et verdoyants. Ces arbres, si vieux qu'ils semblent toucher le ciel, abritent une piscine privée, deux terrains de tennis, une école et des centaines de vies qui existent en dehors de la réalité.

Mes parents s'aiment avec tendresse. Ma mère chante l'opéra. Elle développe un amour prononcé pour « Lascia ch'io pianga » qu'elle travaille chaque samedi. Le dimanche, elle range ses octaves pour mon père qui a une préférence pour les disques, particulièrement ceux de Stevie Wonder, dont *Songs in the Key of Life* qu'il connaît par cœur. Le salon se transforme alors en salle de danse pendant que les autres familles oublient de vivre à force de penser au lundi. Quant à moi, mon feu intérieur est encore endormi, car, disais-je, je fais partie de ces petites filles trop sages. Je dis oui, maman, bien sûr, maman. Je préfère dire oui que non pour ne pas te faire de la peine, maman, car la vie est un grand oui, et tout cela grâce à papa et à toi, maman. Mon équilibre est parfait, romanesque, à la limite du déni. Le soir, je sors avec mes amis, tard. Mon petit frère aussi. Les vieux cyprès nous protègent du monde extérieur et les adultes le savent. Le Parc de Diane est un film Disney où les personnages possèdent des secrets qui n'entachent pas la magie ambiante. La seule ombre au tableau est une petite honte qui grandit à l'intérieur de moi. Personne ne le sait en dehors de ma baignoire. J'ai quatre ans, je dis oui, papa, oui, maman, mais lorsque je prends mon bain chaque soir, il fait tout noir.

« J'ai peu de pudeur corporelle. Mon corps est libre et sans chaînes. Quant à mon âme, laissez-la de côté. »

Des secrets, les enfants en ont tous, mais que faut-il faire lorsqu'ils ont trois fois notre âge ? Toutes les nuits après le bain, la même musique se répète : je tremble de peur ou de chagrin. À la maison, personne ne m'a expliqué la nature de mon acte, ce qui le rend incompréhensible et abject. Ainsi chaque soir au moment du bain, quand mes amies se savonnent et brossent soigneusement les cheveux en plastique de leur Barbie, moi, je me caresse sans contrôler mes gestes. Je jouis comme une mannequin dans un numéro de *Lui*. J'ai vu dans les magazines érotiques de mon grand-père que c'était comme cela qu'il fallait faire. Alors je m'exécute. Incandescente et haletante, je me touche comme le font ces filles pendant une heure ou deux, rouge écrevisse en sortant de l'eau, honteuse au moment de passer à table. L'univers libéré dans lequel je grandis m'enferme dans une extrême pudeur où j'agis mécaniquement sans comprendre la mécanique sexuelle de mon corps. Pire prison encore, car je me crois souffrante ou folle, sans parvenir à m'interdire de recommencer le lendemain. Ce qu'il m'a été donné de voir, personne ne me l'a expliqué. On m'a laissée *regarder* sans m'avoir *dit*. Jusqu'où mène l'invitation sexuelle sans éducation sexuelle ? Dans le même temps, nous apprenons que mon grand-père est malade. Il est atteint d'un cancer du côlon dont le médicament le rend davantage fiévreux et le fait vomir plus qu'il est humainement supportable. Cette bombe s'installe sous notre toit comme une tragédie sans dénouement heureux : notre socle est touché. Je réagis silencieusement. C'est une règle établie et mes parents le savent : je ne parle pas.

« Une crise d'angoisse, c'est un monstre de contrariété qui vous attrape à la gorge et vous entraîne de force sous le lit. Il peut faire jour, il peut faire très beau, ses doigts de géant maquillent votre âme de boue et de cendres. Et je les écris, mais Dieu sait que ces mots de supplice m'asphyxient déjà. C'est alors que le chaos s'abat sur vous, mais la foudre ne semble pas se prononcer. Pas de réveil brutal, pas de réveil tout court. Vous êtes simplement trempé de malheur éveillé. Cette petite fin du monde, si elle est bien pratiquée, peut se répéter tous les jours. Puisque le monstre, c'est vous. »

Mes questions s'additionnent et s'emmêlent pour donner naissance à l'angoisse. Méchante et laide, elle ressemble aux sorcières que mes amies voient la nuit, mais contrairement à elles, celle-ci me prend à la gorge et me punit pour ce que je ne dis pas le jour. Chaque nuit, cette même chorégraphie somnambulique se répète : je me réveille en transe, incohérente dans le propos, cathartique dans l'acte. Face à mon mutisme, mes parents me poussent à consulter une dame très endimanchée, élégante comme un oiseau rare, chez qui je n'explique toujours pas pourquoi l'anxiété me pousse à vomir chaque nuit sans le moindre souvenir au petit matin. L'élégante dame nomme mon mal : la sorcière qui me réveille chaque nuit s'appelle une « terreur nocturne ». Soulagement au bord des lèvres. Les adultes soufflent : c'est un début. Puisque le remède est trouvé, pourquoi s'entêter à chercher la cause ? Maman dit : « Tant qu'elle ne vomit plus. » Après de nombreuses séances, mon mal semble s'apaiser. Le soir, seule dans ma chambre, je formule une question à voix basse, comme une incantation qui éloignerait le cauchemar, une question qu'évidemment je ne poserai pas ni le lendemain ni jamais : « Papa, pourquoi chez papy il y a partout des filles qui se caressent le sexe et pourquoi lorsque je les imite, je suis tellement fatiguée que cela me donne l'impression d'être malade ? »

« Elle sentait le monoï en hiver. Elle mettait du soleil dans la neige. Il y avait dans sa gestuelle les notes d'une louve blanche arrachée au Sud. Et son rouge givré aux lèvres donnait aux malades la fièvre d'une insolation lorsque l'été est passé. »

La maladie de mon grand-père s'aggrave. Ma grand-mère, par sa seule présence, silencieuse et pudique, l'apaise et l'accompagne dans la douleur. C'est une femme qui s'est tant déconditionnée de l'archétype féminin qu'elle n'a pas d'âge. Même ses cheveux ne perdent pas de leur noir. Pour me parler, elle dit : « Cette demoiselle a faim ? », « Cette demoiselle veut goûter ce délicieux champagne ? » Elle se nourrit exclusivement d'art, bien plus que de bavardages, ce qui l'élève davantage au rang de muse dans le cœur de mon grand-père. Son monde intérieur est vaste et fait d'elle une femme fatale. Avant que mon grand-père ne tombe malade, elle avait pour habitude de partir avec lui en voyage sans trembler de laisser ses trois filles à la maison, préférant la passion qui transcende au rôle de ménagère. C'est une féministe avant l'heure. Et, vivant dans une maison où l'indécence embrase les murs, elle n'est ni inquiète ni jalouse. Ce qui pourrait paraître obscène aux yeux d'un individu lambda paraît aux siens d'une banalité sans nom. L'énergie masculine qui émane d'elle fait d'elle l'amie et l'amante idéale. Ma grand-mère n'a de sexe ni plus ni moins que mon grand-père en a un. Ce sont deux âmes qui forment un métissage. Mon regard d'enfant les contemple comme deux ovnis, deux êtres astraux, si grands par leur grâce qu'ils nous impressionnent. Lui, s'émerveillant devant tout, une œuvre d'art, une montagne, fasciné par les contrastes, les assemblages, la beauté sous toutes ses formes. Une attitude mystérieuse qui nous pousse à le guetter silencieusement à notre tour, impatients d'écouter son analyse poétique sur un détail que personne d'autre que lui n'aurait su voir. Elle, son rouge givré aux lèvres, ses cheveux noir charbon, sa gestuelle musicale, son élégance, son chien.

Les mois de chimiothérapie passent. Pourtant, rien ne bouscule les habitudes de mon grand-père, qui continue de nous raconter ses rencontres, ses impressions, son interprétation de la beauté. Mais son exutoire préféré est une valse à trois temps : il dessine, peint, écrit. Personne n'ose l'avouer, mais tout le monde jalouse la vie qu'il contient dans son regard. Comme un chat sauvage, il s'échappe régulièrement de table pour retrouver sa bulle, nous tournant le dos pour quelques heures, ce si long dos à la fois élégant et glacial, portant le poids de la maladie qui lui sera hélas fatale. La nuit, je rêve parfois qu'il vit toujours, s'exprimant sur le canapé en velours de son salon en nous affirmant que sa mort est une mauvaise blague, qu'il n'est jamais parti. Ce qu'il dit est vrai. Son âme danse encore autour de nous, autour de moi, et la vie qu'il contenait dans son regard, désormais, je la vois.

« Je n'ai jamais caché le fait d'être provocatrice lorsque quelque chose ne me plaisait pas. Mais ce n'est pas de ma faute à moi, c'est mon âme d'enfant, elle déborde. »

Un jour, comme un orage en plein mois d'août, nous quittons tous les quatre le Parc. Mon père convainc ma mère que notre vie n'est pas un film de Jacques Demy. Elle doit rester belle, mais réelle. Ma mère ne se remet pas de ce changement. Pour elle, c'est une punition : mon père l'a mise au coin. Alors que nous laissons derrière nous l'osmose qu'offrait le Parc, une profonde tristesse s'empare de son regard, car ma mère est un oiseau qui n'appartient pas au monde des mortels. C'est une femme enfant, et ces femmes-là, mieux vaut ne pas trop les arracher à leur rêve de peur qu'elles ne s'échappent dans un nouveau rêve. Quelques mois seulement après notre emménagement, l'âme de ma mère semble s'être entièrement retirée d'elle. Sa mine est fade, ses chants se font rares et elle se met tout le temps en colère. Elle possède un Nokia 3310 sans code PIN que je m'empresse de fouiller. Les gens mentent lorsqu'ils disent qu'il ne se passe rien le dimanche. J'y découvre des mots crus qui ne sont pas adressés à mon père. Ces textos que je lis sonnent le glas ; nous avons déserté son rêve. D'abord, cette liaison secrète que je garde silencieuse me rend boudeuse, puis exécrable avec elle. Au vu de mon changement de comportement brutal, ma mère devine que je sais.

Honteuse, elle préfère s'éloigner de moi pour ne pas affronter cette idiote d'enfant trop curieuse à qui il faudrait tout expliquer sans qu'elle n'y comprenne rien. Le trou béant que j'ai dans la poitrine s'élargit lorsque nous sommes réunis à table, où elle parvient toujours, avec un certain talent, à éviter mon regard. La nuit, son silence me plonge dans des rêves pornographiques où je l'imagine coucher avec des hommes qui portent tous les visages du monde. Sa fuite n'est plus seulement un aveu de culpabilité, mais une faute grave qui me fait la haïr comme personne d'autre avant elle. Par elle, je goûte la colère pour la première fois de ma vie. Mon frère, lui, est petit, il ne voit rien. Aussi, c'est un garçon. Le déménagement ne semble pas le perturber.

Il se contente de vivre. Quant à moi, il y a bien trop longtemps que je garde tout pour moi, alors que faire, sinon des bêtises ? Timide, mais maligne, je sais l'effet de la nouveauté sur l'existence et à l'évidence, cet aménagement fait de moi la nouvelle fille. L'école m'écarte de ma mère et m'habille d'éloges. Tous les garçons et les filles me trouvent belle et me le disent comme on couvre de flatteries une reine. Je devine que c'est aussi parce que mon corps est plus développé que celui des autres.

« Quand le vent lève ma jupe, je n'ai pas honte. Point d'impudeur ni d'irrévérence. C'est un spectacle. L'origine du monde s'offre aux regards. »

Je ne sais pas si ma puberté précoce est liée au fait d'avoir connu le plaisir sexuel très tôt, mais qu'importe, j'ai des seins, des poils, une grande taille, des boutons : une allure de femme. Je suis pure comme la rose qui éclot et vivante comme le brasier incandescent. J'ai onze ans et ce corps de femme, il me faut lui rendre grâce, l'ériger au rang d'exemple dans la cour d'école et en dehors, le montrer au monde entier, quoi qu'il en pense. Mon modèle de féminité reste encore celui de ma mère, une femme libérée, sublime et légère. Et même si elle n'incarne pas le modèle maternel, je veux lui ressembler. Elle dans ses formes pulpeuses, elle arborant une moue d'enfant qui provoque un sourire sur les sales gueules, elle riant aux éclats pour séduire, elle, elle. Elle. Mais comment être cet oiseau mûr tandis que je n'ai que onze ans ? Comme il est d'usage avec les petites filles sages, il arrive un jour où je déborde. Je ne mesure pas encore les conséquences de l'infidélité de ma mère sur ma personne, sa honte qui l'éloigne de moi. Son rejet. Rapidement, je me fais une réputation ; je suis l'enfant qui met des strings – « Quel scandale ! Regardez-la, elle n'a que onze ans » –, je me maquille comme une prostituée – « C'est grossier. Sa mère ne lui dit donc rien ? » –, je fais le mur pour aller embrasser des garçons, je les séduis, mais ne leur fais surtout pas l'amour, car quel intérêt, du moment qu'ils espèrent ? Je suis mauvaise élève, cancre, aguicheuse, provocatrice et fille à problèmes. Je suis cette petite fille sage qui a trop vu et qui s'est trop tue.

« L'ivresse à outrance est dégueulasse. Oh chérie, tu es indécente. Ah oui ? Tu le sais, tu regretteras demain. Mais voilà. Je me préfère ivre. Ivre, ivre, ivre je me trouve. Tout est facile et semble simple. Je n'ai pas réussi à dire quelque chose aujourd'hui, ivre ce soir, je le dis. Je le crie. Je le hurle et l'écris. Soudain, la fluidité m'envahit, l'alcool circule dans mes veines, mon pouls s'accélère. La communication n'est plus une tare. Et je grandis, grandis, grandis. À la hauteur de celle que je suis. L'excès est mon baume. L'ivresse est mon vice. Et vous, qui êtes-vous après que l'éthanol s'est emparé de vous ? »

Pour tuer l'angoisse, je trouve un jour mon poison : l'ivresse. Oh comme c'est mal, comme c'est laid une femme qui boit, qui s'abîme, qui se punit et se noie. Comme c'est pénible pour l'autre, et le lendemain pour soi. Mais l'alcool m'arrache du silence qu'on m'impose depuis l'enfance et fait déployer mes ailes de fille timide qui a tous les atouts pour ne plus l'être. Dans l'absence de contrôle, je deviens sauvage, vilaine, pure, brute, belle. Pour un laps de temps très court, l'alcool me permet d'*être*. Ce sont mes premières agitations qui me conduisent à boire. Amoureuse folle du plus beau garçon de l'école, je décide d'entreprendre à deux ce que j'ai toujours fait toute seule. Il serait malhonnête de ne pas avouer mon penchant précoce pour l'excès. À douze ans, je ne sais peut-être pas encore l'exprimer, mais je veux tout vivre très vite et très fort, davantage s'il s'agit d'une grande histoire d'amour. Le garçon que j'aime a toutes les qualités pour me donner envie d'y croire. Il a les cheveux longs, bruns, la peau mate, les yeux turquoise et les traits fins d'une fille. L'été, il part surfer à Hossegor. C'est le meilleur élève de la classe et toutes les filles de troisième en sont folles alors qu'il n'est qu'en sixième. Soit. Toutes les maisons possèdent une malle en bois renfermant toutes sortes d'alcool. Mes parents, adeptes des îles, collectionnent une dizaine de bouteilles de rhums arrangés capables de faire oublier à une petite fille ce qu'elle s'apprête à faire pour la première fois de sa vie. Un soir de décembre, je décide, vaillante et impérieuse, d'inviter mon amoureux chez moi.

Avant qu'il n'arrive, je m'envoie deux longs shots de rhum. Dans le goulot orangé, ma crainte de mal faire s'efface. Soudain, je me vois briller d'assurance auprès de ce garçon que j'aime et qui m'aime, faire de cet instant un souvenir éternel à la beauté folle. Lors d'un premier préliminaire, personne ne nous prévient que la forme phallique à embrasser peut être une stupeur pour nous-mêmes. Théâtrale, on se surprend alors à masquer son inquiétude avec la moue assurée de celle qui trouve l'esthétisme du sexe de l'autre normal, mais la réalité est telle que nous sommes effrayés, car au-delà de ce que nous impose la vue d'une première verge, il faut jouer la dame qui sait l'utiliser pour satisfaire son propriétaire. Faire semblant sans faire de faux pas ni rougir de honte, c'est du cinéma et je ne suis ni actrice ni encore femme. Je suis une petite fille qui découvre qu'un pénis, c'est pénible à embrasser en plus d'être vraiment très laid. Au moins le nôtre, on ne le voit pas. Cet instant de gêne partagée me dessoûle et se conclut par une bise grossière qui finit de rompre le charme sur le palier de ma maison. Après ce départ fracassant, les images tournent en boucle dans ma tête et je crains déjà d'avoir mal fait. Je suis allée trop vite, ou peut-être pas assez. Je l'ai embrassée en bas puis sur la bouche et j'ai recommencé, fière, jouant la dame qui sait faire.

Le lendemain, tous les garçons me traitent de pute à l'école.

« Les filles qui n'aiment pas les autres filles, il faut s'en méfier. La fausse virile cache mille visages dont le plus âpre ressemble à une garce. »

Mon grand-père, en partant avec tous ses secrets, me pousse à faire un choix entre la haine de la femme ou son contraire. N'en déplaise à certaines : grandir entourée de fesses et de seins ne peut pas vous plonger dans l'indifférence. L'excès induit l'excès. Timidement, je me revois contemplant ces créatures murales capables de frapper l'âme d'un homme par leur seule beauté. Dieu bénisse mes parents de m'avoir ainsi faite, car qu'aurais-je été si je n'avais pas fait partie d'elles ? Aurais-je vraiment compris la beauté ? Cette fascination, je la dois à mon grand-père, « un obsédé doux au cœur qui bande » qui, au-delà de son amour pour la sensualité féminine, considérait la femme comme étant le sexe fort, celui qu'il faut écouter à table, pour sa pertinence et sa délicatesse, pour toute la subtilité dont elle est dotée et pouvant faire plus mal qu'un homme. C'est pourquoi pendant longtemps j'ai déploré cette jalousie qu'entretiennent la plupart, pour ne pas dire la grande majorité, des femmes entre elles, cette même jalousie qui m'a causé des moqueries salaces et une réputation dégueulasse. Non, je n'ai jamais désiré près de moi ces filles incapables d'auto-analyse, se jetant sur la condamnation facile de l'autre pour lui dresser un portrait vite fait mal fait. Ces fausses viriles mouillées d'hypocrisie qui tant de fois m'ont rendu la vie dure parce que se ranger du côté des hommes, c'est ne pas être associé à la femme.

« En dépit de ce qui la perturbait, elle était légère. Elle était si légère qu'il l'aimait, car elle portait la vie d'une autre manière, cette manière féroce de spontanéité qui échappe au commun des mortels. »

En parallèle de mes déboires, ma mère continue de se laisser happer par son nouveau rêve. Cet événement marque un tournant dans le réel et bouleverse mon modèle amoureux. Mon père, bien que doté d'une loyauté têtue et d'un courage romanesque frôlant la naïveté, ne peut rien contre le démantèlement de notre famille.

Des années auparavant, l'histoire d'amour de mes parents avait pourtant commencé comme une chanson. Au lycée, ma mère était mauvaise élève et l'école l'ennuyait. Mais elle était déjà consciente de son charme et des intérêts que pouvait parfois apporter l'ennui, cachés là, juste derrière ce qui fait bâiller, à condition d'avoir l'œil. Ainsi, seule une matière la captivait au point de lui provoquer de grands tourments : le cours de management, présenté par un professeur doté d'une beauté insolente, et dont la prestance faisait perdre la tête à toutes les jeunes filles tenues d'y assister. Après de longs mois de danse hormonale effrénée, mon père lui donna finalement rendez-vous à Odéon pour y boire un verre, incapable de résister plus longtemps aux avances de ma mère. Quelques mois plus tard, c'est elle qui le demanda en mariage, amoureuse éperdue et pressée de vivre d'amour et d'eau fraîche dans les bras d'un homme dont l'érudition lui promettait d'échapper à l'ennui.

« Mon empire est jouvence. Être à l'aube de ma vie fait de moi une princesse. Tous les privilèges sont beaux et chaque choix est princier. Je dis ce que je veux, je peux me nourrir de champagne, me laver les dents au chocolat et dormir où je veux sans me soucier de demain. "Oh, j'aimerais, mais je ne sais pas ; peut-être, on verra." J'adore dire ça. Rien n'est glacé. L'idéalisme survole encore la raison, le rêve ne touche que du bout des doigts le réel. Ma jeunesse fait de moi une princesse. »

Mes désirs de jeune fille effrontée participent à l'effondrement du château familial. J'ai quinze ans et les beaux quartiers m'attirent, les garçons qui s'y trouvent surtout. La mondanité, place perfide du *moi je*, devient mon endroit préféré. Dans le faux-semblant, je retrouve la pudeur du monde duquel je viens, son élégance, où il n'est pas forcément utile de dire la vérité pour se sentir accepté, pourvu qu'on ressemble à quelque chose aux yeux de l'autre. Dans le choix de l'apparence, je choisis également la fuite, amie fidèle qui m'accompagne depuis l'enfance. Je vole dans le portefeuille de mon père des chèques que je signe moi-même, dont un de 1 500 euros pour m'offrir une Canada Goose immonde, qui me vaut un coup de pied dans le cul et la déception rare d'un père tendre. Je fugue dans le seizième jusqu'à Exelmans, où je me retrouve dans des triplex indécents avec des personnes qui ont deux fois mon âge, je n'oublie pas de couper le BlackBerry pour laisser à mes parents le temps de s'inquiéter et d'appeler tous les commissariats de France. Ma mère, désormais infidèle à temps plein, a changé. Sa légèreté a disparu et la disparition de mon grand-père n'a fait que la rendre un peu plus sévère. La mort unit les êtres. Pas ma mère et moi. Sa honte à mon égard, celle d'avoir été démasquée, nous éloigne et me pousse dans les bras de l'interdit. Dans la fête, je ne pense pas, je ris et multiplie les bêtises, j'oublie ce qu'on ne m'explique pas.

« Puisqu'il faut un connard pour chaque siècle, je suis le connard de ce siècle. Obsédé sexuel, cynique, mais sachant toutefois rester inaccessible, je vous obsède. La simple idée de vous faire vous sentir unique vous dévore. J'arpente les rues de Paris les plus cotées, je saigne les beaux endroits où grouille la jeunesse dorée féminine, cocktail ultime où transpirent chaque parfum, chaque odeur corporelle, chaque prénom. Si par malheur je ne suis pas là où vous m'attendez, votre désir supplie ma géolocalisation. Ma réputation vous répugne mais vous intrigue. Mieux. Elle vous torture. Est-il l'incarnation du mal ou puis-je le détourner de sa noirceur ? Mais point trop n'en faut, me changer totalement vous ennuierait. Et vous le savez. Je suis là, assis confortablement dans vos esprits, vous ne m'avez pas rencontré que vous me connaissez déjà. Je suis votre roi, mais jamais vôtre. Je suis le connard de ce siècle et allons, vous m'adorez. »

Amoureux de la femme jusqu'au bout, mon grand-père collectionnait une ribambelle de figurines qui parsèment encore aujourd'hui les recoins de la maison familiale. On peut y voir des personnages en tout genre, surtout des pin-up en tenue légère. Mais ceux qui retiennent mon attention sont toujours les mêmes : le Petit Chaperon rouge et le loup de Tex Avery. Paradoxalement, ce dernier attire mon regard mais ne me plaît pas. Bien qu'il soit accoutré d'un costume, ce n'est pas un gentleman. Le corps en transe, la langue pendue et les yeux sortis des orbites, je lui trouve une faiblesse affligeante face à la pureté du chaperon. C'est ce même loup qui, lors d'une soirée à laquelle j'accompagne une amie, attire mon attention. Il a dix-huit ans et plaît à toutes les filles de mon âge. Inaccessible et sublime ; il est la quintessence du sale gosse des beaux quartiers. Son absence de qualités morales fait qu'il n'a pas d'amis, mais une cour dont il est le roi, composée exclusivement de garçons de bonne famille.

Ses parents le laissent faire absolument tout ce qu'il veut, c'est-à-dire n'importe quoi. Il suffit de l'observer pour deviner qu'il a commis tout un tas de délits. Tous les attributs qu'une fille de mon âge recherche chez un garçon sont réunis en lui : il est baratineur et sait faire l'amour. Son visage est d'une grande beauté et ses traits imparfaits la soulignent avec scandale. Son nez cassé et ses yeux noirs disent « Essaie » à la peur, « Allez, essaie, tu vas voir. » Mais son point fort réside dans le point faible des filles : il ne tombe jamais amoureux. Il invite une fille différente dans son lit chaque soir avant de lui indiquer gentiment la porte de sortie. Si l'une de ses conquêtes a l'honneur d'être conviée pour la nuit, elle gagne le statut de plan cul officiel dans l'espoir d'être la première dont il sera épris. Victime d'un personnage qu'il s'est lui-même créé. Toute sa détresse est devant nos yeux et personne ne la voit. Au début, je décide par je ne sais quelle folie de m'en faire un ami.

« Toi, tu es tellement beau que tu ne piques pas les yeux, mais l'âme. »

À dix-huit ans, je suis encore vierge et tout le monde le sait. Mon rapprochement avec le loup fait de mon dépucelage un sujet de débat. Certains lancent même des paris sur l'identité de l'heureux élu en misant, pour la grande majorité, sur le choix du loup. Au fil des semaines, nous nous écrivons tout le temps et notre amitié devient essentielle à ma vie. Il y a dans cette alliance étrange que nous formons le présage d'une histoire qu'il faut vivre. Je remarque qu'il me traite différemment, avec considération. Il voit en moi l'innocence et la douceur, des vertus dont il a cruellement manqué ces dernières années. Les regards qu'il me porte, tous sans exception, rendent absurdes les rumeurs qui courent à notre sujet : « Il ne lui parle que pour la dépuceler, il va finir par la baiser comme toutes les autres. » Chaque soirée qu'il organise chez lui me met sur un piédestal, au grand désespoir des filles présentes uniquement pour qu'il les remarque. Toutes espèrent secrètement mon départ et, sans le savoir elles-mêmes, ce qu'elles me souhaitent par orgueil ne me ferait pas de mal. Nous tombons amoureux. Le pari sur ma virginité fait d'heureux gagnants. Il me dépucèle dans les règles de l'art, de façon presque seigneuriale, avec une douceur extrême qu'aucune autre fille ne lui connaît, où il finit par me porter dans un bain chaud pour s'assurer que je vais bien. Mais chacun de nos ébats, y compris celui-ci, se solde par de grosses douleurs, au point de tacher ses draps de mon sang. Un mauvais coup à répétition pour un loup de dix-huit ans, bien qu'amoureux, c'est insupportable. À cet âge, les garçons sont des animaux et celui-ci est le pire. Il me jette et me reprend à sa guise. Or, plus il est cruel, plus je l'aime. C'est la première fois de ma vie que j'ai la sensation de crever pour quelqu'un d'autre. Notre relation devient un carnage entrecoupé de larmes et de scènes grotesques où le Petit Chaperon rouge se fait malmener par le loup. J'en veux à mon intégrité que j'ai insultée en décidant d'aimer tout ce que je déteste. Choisir d'être le chaperon est une chose, s'éprendre du loup en est une autre.

« À l'époque, des filles ne m'aimaient pas. Elles me trouvaient stupide, vulgaire et trop sensuelle. C'était faux, sauf peut-être quant au fait d'être sensuelle. Elles furent exécrables des années durant, aussi exécrables qu'il me fallait parfois rentrer de soirée le nez et les larmes qui coulent tout le trajet, doublés d'une flopée de questionnements absurdes sur la raison de mon existence sur terre. Plus tard, sans excuse ni éducation dignes de ce nom, elles revinrent à pas de chat les unes après les autres lécher les bottes de mon semblant de succès à l'échelle d'une jeune femme de vingt-six ans qui se revendique auteure sur internet, toutes plus opportunistes que gentilles, et toujours plus envieuses que jolies. »

Certaines villes devraient faire interdire aux adolescentes le droit de jacter pour ne rien dire. Entre elles, c'est un massacre, elles piaillent, elles rient et déblatèrent des affaires arrosées de « Oh ! », « Mais non ! », « Mais si, je te le dis. » Si par malheur vous êtes l'objet de toutes les langues déliées, malheur à vous : le festin féminin se transforme en gueuloir des Merveilles. Au lycée, les filles sont mauvaises avec moi ; elles ne m'aiment pas. Certaines se moquent, d'autres encore me font du chantage affectif. Une d'entre elles, qui fait partie de la cour du loup, la seule femme du clan, adore me détester. Je suis son jouet préféré. J'ai un diadème sur la tête qu'elle rêve de voir tomber. Elle se réveille pour moi chaque matin, et si jamais je suis absente en classe, c'est une journée fade qui s'annonce pour elle. Certains font du tennis, d'autres de la danse, elle, c'est m'humilier en public qui l'amuse. Les jours qui précèdent mon dépucelage, elle claque des doigts pour attirer mon attention et chuchote à mon oreille : « Donne-moi ton sac Balenciaga ou je fais tout foirer avec ton mec. Tu sais comme j'ai de l'influence sur lui », « Donne-moi tes Free Lance ou je mets fin à ton histoire. » Son obsession pour le paraître l'humilie plus qu'elle ne m'humilie moi-même, sans compter cette convoitise qu'elle a pour un garçon qui m'aime déjà. Le lendemain de ma première fois, c'est elle qui en informe tout le lycée. En Javotte, elle applaudit devant tout le monde et crie « Bravo pour le sang dans son lit ! T'es contente de toi ? Je vais dormir où maintenant moi, hein ? » La commune dans laquelle je vis est une véritable mafia de chalalah qui rêve de me voir tomber. Mais voici ce qui foncièrement les dérange : je ne suis pas une salope. Ce n'est pourtant pas de ma faute si j'ai l'intérieur d'une enfant dont les mots manquent pour se défendre. Pourquoi devrais-je le faire ? Je suis incapable de haïr les autres femmes, et si la rhétorique me manque, elle me manque davantage pour dénigrer mon propre sexe.

« Quand je me regarde pleurer, je vois une petite fille à qui je ne voudrais jamais faire de mal. Alors je me regarde encore dans le miroir, mieux, plus fort, au fond des yeux, droit dans leur blanc laiteux, et je sèche mes larmes. »

Mon histoire avec le loup perdure. Mais nous le savons bien, les contes de Grimm finissent mal. Un soir de décembre, la vie couvre mon visage de honte. Cette sombre soirée me dénude de tout mon amour-propre, de tout mon être, jetant mon identité dans la masse des pestiférés. C'est un Nouvel An qui débute dans une cacophonie légère et féminine, où mes amies et moi prenons le temps de nous apprêter de sorte à être parfaites. Les prémices d'une fête ordinaire qu'on imagine toujours extraordinaire. On me prête gracieusement une robe ornée de sequins noirs avec un décolleté plongeant dans le dos : pour mon loup, je ne veux pas être belle, je veux être renversante. Et même s'il m'appartient un jour sur deux, les six lettres de son prénom sont devenues mon alphabet préféré. La fête est organisée par une amie dont le père tient des bureaux dans les bas-fonds d'une zone industrielle glauque et sans âme, offrant suffisamment d'espace pour une cinquantaine de personnes. Quelques dizaines d'invités plus tard, je n'aurai plus de culotte. Ne me demandez pas de détails : je ne m'en souviens pas.

« Ne ressentez rien pour ceux qui ne ressentent rien.

Pleurez pour ceux qui pleurent.

Souriez en retour aux sourires sincères.

Aimez pour ceux qui aiment avec pureté.

Chantez pour ceux qui chantent en chœur,

La note est bleue, chantez quand même.

Ce qui est grand mérite votre grandeur, ce qui n'a pas d'âme meurt dans le néant. »

Les jours d'après, mon prénom devient une glaire à cracher et mon corps, une maladie à fuir. Quand je suis au lycée ou au café, on me pare de moqueries salaces. Moi, je baisse les yeux, je laisse mes joues s'embraser. Chacune de mes attitudes est un sujet à décortiquer, à salir pour mieux comprendre le mal pourrissant qui m'envahit. Mon humiliation devient virale et prend une tournure romanesque à la *Peau d'âne* où la dégoûtante est à chasser à grands coups de balai. Mais la réalité n'a pas ce charme. Elle est violente. Sur Facebook, les garçons vendent ma culotte et une fille de la fête dévoile une dizaine de clichés où l'on m'aperçoit à moitié nue et riant aux éclats en train de me faire tripoter par plusieurs garçons sur le capot d'une voiture. L'amie qui organisait l'événement me réclame, très agacée, des dédommagements pour le sang que j'ai laissé sur sa moquette. À l'hôpital, le médecin m'ausculte et me demande, estomaqué : « Vous parlez d'un homme seulement, mais ils étaient combien ? »

En une soirée, je porte tous les dommages collatéraux d'un amas de nouveaux riches qui, en plus de ne pas avoir les codes – ni moraux, ni sociaux –, prétendent jouer dans *Gossip Girl*. Sans surprise, personne n'enquête et tout le monde m'accuse. L'indignation générale que provoquent les ragots et les photos sur internet balaie d'un revers de main toutes les conséquences de cet événement sur mon être. Quant au loup, son aveu de culpabilité est clair : il ne cesse de m'intimider par téléphone pour se dédouaner d'un acte auquel il a pourtant participé. Est-ce que l'âme de certains hommes diminue à mesure qu'ils éjaculent ?

« Si j'avais été d'une bonté pure, je me serais rendue lasse. Il faut au moins me reconnaître une qualité : je sais la bassesse de mon âme, car il y a de grandes méchancetés en moi qui n'acceptent pas la méchanceté chez l'autre. »

Il y a des âges où il ne fait pas bon vivre. Le harcèlement que je subis les mois suivants finit par donner raison à l'audience qui m'accuse ; j'ai honte de moi. À la maison, les bleus que j'ai sur le corps et que j'oublie de cacher en sortant de la douche me trahissent. Ma mère, à qui je n'ai rien dit, me dévisage dès qu'elle me croise, suspicieuse et agacée. Le secret d'avoir été baisée comme une chose publiquement m'oblige à me maintenir droite et précieuse quand elle m'interroge. Mais l'attitude provocante que j'arbore depuis l'enfance me dessert auprès d'elle et la questionne à l'envers. Là, dehors, le soir, sa fille fait des choses qu'elle ne sait pas. Le trottoir peut-être ? Elle est désarmée et c'est la punition que je lui donne. Je reçois le soutien de quelques amis, mais continue de me blâmer, seule dans un désarroi que je ne saurais décrire. Si j'ai été salie, peut-être l'ai-je finalement cherché ? Aucun regard n'est plus cruel que celui porté sur soi-même. Fort heureusement, l'autoflagellation ne dure qu'un temps. Désabusée avant l'heure, ce scandale m'anéantit, mais surtout, il me change. On sous-estime le pouvoir de la souffrance sur l'esprit et le corps, et quelle merveille ! Dieu bénisse les chalalah car grâce à eux je découvre une nouvelle moi. Ainsi donc, je décide de jouer la comédie, moi aussi, je dis : « Au diable la fille légère qui se met dans des situations infernales, au diable la volupté. » Mais je me fais une promesse : ma sensualité reviendra parce qu'elle fait partie de moi. En attendant, je décide que j'aurai de l'esprit. Beaucoup d'esprit. Je vais m'en faire un long manteau tout chaud pour les soirs d'hiver où je serais tentée de me venger. Le recul est important pour la santé mentale et il s'apprend. C'est papa qui me l'a dit. Fille à papa ne déçoit pas papa, et pour ce faire, pas de vengeance à l'encontre des pauvres âmes. Seulement du mépris.

« Il m'est impossible d'avoir un semblant de tendresse pour ceux qui m'ont plongée dans une grande tristesse. Je n'ai aucun dada pour le masochisme. Ce serait un déni de tout mon être. »

Pour rendre justice au passé, il est toujours utile de faire le point sur nos émotions. Devenir maîtresse de soi-même demande une volonté claire. D'abord, j'en veux aux femmes qui m'entourent de m'avoir prouvé que j'avais tort de croire en elles. En commençant par ma mère – car tout commence toujours par la mère –, que j'ai prise comme modèle et qui m'a interdit, par ses silences, de l'aimer et d'être aimée. J'en veux aux femmes qui ont participé aux bavardages lorsque j'étais dans l'erreur. J'en veux à ces femmes qui ont préféré écouter des hommes me descendre plutôt que d'enquêter. J'en veux à celles qui m'ont regardée me faire souiller, nue, misérable et soularde, et qui ont choisi par la suite, quand bien même, de me malmener. J'en veux à mes amies qui m'ont tourné le dos lorsque j'allais à l'abattoir devant leurs yeux et qui m'ont punie pour des actes odieux dont je paie aujourd'hui le prix. J'en veux aux femmes de se suffire d'être belles plutôt que d'user de leur cervelle au service de la sororité, à celles qui condamnent la femme sensuelle, affirmée et libérée. J'en veux à toutes ces femmes, mais je m'en veux surtout à moi-même d'avoir trop espéré d'elles. En idolâtrant la femme, j'ai causé ma propre désillusion et probablement que toutes ces femmes, elles aussi, ont trop espéré avant. Mais je ne le saurai jamais. Enfin, j'en veux aux hommes d'agir en mâles et de les aimer quand même. Dans un monde putride où l'évolution des mœurs est un mensonge, il est temps pour moi de jouer la puritaine. Scandale pour le lecteur qui pense en parcourant ces lignes que la suite du récit fera de moi une femme qui ne serre pas la main au vice. Non. Ce rôle que je m'attribue, je le sais, est provisoire. Voyez-vous, je ne suis pas née pour bâiller ni pour me taire.

« Le malamour est une forme perverse et consentie, un morceau de l'enfer qu'on se plaît à déguiser en extase. Je te vois partout et chaque regard contient un bout de ton âme. Plus je te fuis, plus tu es là. Il va falloir arrêter d'être partout ou je vais finir nulle part. Lorsqu'une personne devient obsession, il faut beaucoup voir ses amis. Beaucoup, beaucoup. Surtout, il faut les voir beaucoup, en choisir un, plutôt poli, plutôt charmant, espérer qu'avec lui on ne bâille jamais jusqu'à l'aimer comme un amant. »

Soudain, l'inattendu se produit. On croyait mourir de chagrin et un être nous sauve. Celui qu'on jugeait trop proche des enfers est en réalité bon, gentil et doux. Cet être merveilleux est le meilleur ami du loup. C'est un prince. Il a du Beckett dans la syntaxe et du Hemingway dans le cœur, du Daniel Caesar dans le timbre et du Madame de La Fayette dans les doigts. Un gosse né avec pour première couche le culot des grandeurs. À lui seul, il est un tissu d'arts, sorte de Frankenstein du Beau dont on ne se rassasie pas. Dès les prémices de notre romance, l'entièreté de son être sonne comme une évidence : il est mon idéal masculin. Il adore sa mère, fait des études de droit, fume le cigarillo, possède un humour fin et son regard sur la vie est d'une sagesse remarquable pour ses dix-neuf ans. C'est un humaniste avant l'heure et ses propos ne sont jamais frappés d'arrogance. La politique l'intéresse lorsqu'elle ennuie les autres et l'absence de bienveillance dans les milieux aisés lui est insupportable. Il m'écrit chaque jour, s'inquiète pour moi tout en continuant d'être habité d'une paix déroutante, me fait goûter au bonheur sucré et devient mon premier amour sain. C'est grâce à lui que je découvre mon attrait pour l'écriture. Il me dit « vous » par message et m'appelle « jeune fille », ce qui lui donne un air très autoritaire qui m'obsède jusque dans mon sommeil. Dans la correspondance, le désir qu'il a pour moi est pur. Il me fait l'amour avec son âme, fort, si fort qu'il me réconcilie avec le sexe que j'avais fini par trouver sale. Dans l'étreinte, il ne me pénètre pas, il s'offre à moi.

« Parfois, je me demande comment on pourrait m'aimer. Je veux dire, m'aimer vraiment, jusqu'à mes cicatrices les plus laides feutrées d'assurance, lorsqu'il est déjà si long d'apprendre à s'aimer soi-même, sinon jamais. »

Je ne lui reproche rien sauf peut-être de ne pas m'avouer qu'il m'aime, bien que son silence me le rende encore plus désirable. La pudeur de ses sentiments fait de lui l'élégance incarnée. Je devine qu'il n'ose rien me révéler par crainte que je m'échappe à nouveau dans les bras d'un homme décadent similaire à celui dont il m'a arrachée.

La maison qu'il habite est suffisamment spacieuse pour deux adolescents en chaleur. Sa mère, dont la confiance en son garçon est aveugle, lui a aménagé le sous-sol, faisant office d'appartement secondaire. Chez lui, je me sens protégée. Là, en bas de chez lui, dans cette grotte intime qui renferme notre histoire, il provoque de grandes agitations en moi sans connaître ma fièvre. Je l'aime passionnément, avec les mains, le corps, les yeux, mais sans les mots. Tout comme lui. Gâcher l'incandescence de notre désir serait péché. Aussi, peut-être bêtement, je refuse d'être acquise et crains qu'une fois dits à voix haute, les trois mots qui brûlent ma langue soient reçus en silence ou banalisés après l'émotion passée. Parfois, avant de le rejoindre, je me mets au défi de tout lui confesser. Héroïque, j'imagine un « je t'aime » qui ferait naître un « moi aussi », suivis d'une nuit longue d'amour et d'échanges mielleux sur la puissance de nos sentiments qu'on ne peut plus taire. Mais mon film reste intérieur et jouer la princesse de Clèves finit par me desservir. Mon indifférence verbale que je crois cruellement attirante se solde par un échec.

« Je t'aimais et je ne t'aime plus. Ce parallélisme antithétique s'explique par une évidence déconcertante : au-delà du fait que les gens changent, parfois, ils confondent l'état amoureux avec le verbe aimer, souvent. »

« Parce que ne pas dire les mots, Sarah, c'est ne pas faire de choix, et manquer de caractère. » Il me reproche de ne pas faire ce que lui-même ne fait pas. Pour saupoudrer le tout, mon prince torturé, qui n'a jamais cessé d'être ami avec le loup, continue de l'inviter à ses soirées. Or, ces fêtes auxquelles je participe se transforment la plupart du temps en guerre d'orgueil dont je suis la cause. Pour marquer son territoire, il m'entraîne au premier étage pour faire l'amour – car le deuxième est trop loin du sous-sol où l'on risquerait de ne pas m'entendre jouir – tandis que la fête continue de battre son plein. Une fois satisfaits, nous redescendons alors au sous-sol, son regard se dirige vers celui du loup, avec la preuve de sa victoire transpirante et collée contre lui. Cette petite mascarade triangulaire que mon prince entretient en continuant d'inviter le loup à nos soirées fait beaucoup de tort à notre relation. Peu à peu, ce que je croyais acquis s'effrite. Il ment, trouve des excuses pour déplacer nos rendez-vous ou les annule parfois au dernier moment, se souciant peu de savoir si cette distance me torture ou non. Ses rares messages sont des phrases morcelées qui rendent mes paupières bleues d'avoir trop pleuré. Se dédouaner de ma souffrance devient son jeu favori : je ne lui ai jamais avoué que je l'aimais. Pas de mots engageants, pas de coupable. « Allons, noie ton chagrin dans tes larmes. Et en silence jeune fille, tu avais un an pour tout me dire, pour m'avouer que c'était moi que tu voulais et non lui. » Son indifférence est si odieuse qu'elle rend ma douleur ridicule. Usée, je décide un soir de lui vomir toute mon incompréhension, toute ma tristesse, et suite à cela, sans me donner une seule explication, il me quitte.

Un jour, je lui écris une lettre, une belle lettre qui vouvoie le maître de mes sentiments. Une lettre ni désespérée ni prétentieuse, mais mesurée. Une lettre qui dit :

Cher vous,

Je me touche en pensant à vos doigts. Je me touche en pensant à vos yeux. Je me touche en pensant à vos yeux sur moi. Je me touche en pensant à votre voix et même en imaginant vos pensées, vos démons, tout ce que vous ne me dites pas. Je me touche tous les jours en espérant que plus je me toucherai, plus je vous ramènerai à moi. Mais vous n'arrivez pas. Et plus je me touche, plus vous vous éloignez de moi. Alors je continue de me toucher, sans vous le dire ni vous l'écrire, en espérant que peut-être vous touchez-vous ne serait-ce qu'un peu, parfois, en pensant à moi.

« Un chagrin d'amour, c'est vulgaire. Pour nous autres, c'est un chagrin d'âme. »

Il y a une phrase de Marivaux que j'adore : « Elle est faite comme un plaisir, cette peine que vous dites. » Dès lors que le chagrin d'amour nous possède, il renferme un plaisir : le souvenir d'avoir aimé. La peine ou le bienfait me conduisent à devenir schizophrène. Je n'existe que dans l'attente qu'il me ramène à l'existence. J'oscille entre gamine idiote et vieille fille pathétique. Quant à mon aspect physique, je réalise que l'amour me rendait belle et que désormais, je ne le suis plus. Un mois plus tard, alors que je suis en cours de français, je reçois un message qui commence par « Jeune fille ».

Notre relation est un tango qu'on se plaît à déguiser en valse. Il est revenu et je l'aime follement. Comme Woody Allen décrit l'une de ses premières femmes, je ne sais pas si, en le voyant à nouveau, je rejoins l'Extase ou l'Agonie, et peu importe. Ce gosse est beau comme une question, c'est pourquoi je n'ai jamais voulu lui trouver de réponse.

Désormais, je n'ai plus peur de le lui dire alors je lui dis et lui redis, je l'aime, je l'aime. Chacune de mes déclarations est un premier matin de Noël : lui révéler mes sentiments est un cadeau que je me fais à moi-même. Il me l'avoue aussi, mais différemment : « Je me suis rendu compte que je t'aimais en couchant avec une autre. » Les études de droit ne sont pas toujours synonymes d'éloquence. Les hommes sont étonnants de fragilité. Une petite frayeur et l'oiseau fait son nid ailleurs. Or, je suis un mammifère exclusif. Mon homme est à moi. Si par mégarde mon mâle aimé s'aventure dans quelques danses hormonales pour appâter d'autres ovaires, il m'en faut trouver un autre. Ce que je m'empresse de faire. Par orgueil ou par bêtise, je me prends un amant. Un mauvais amant qui plus est, que je vois et jette au gré de ma culpabilité pour celui que j'aime. Ce n'est pas parce qu'il m'a enfin dit qu'il m'aimait que je dois m'en satisfaire. Mais ce n'est pas non plus parce que j'ai pris un amant que j'en oublie celui que j'aime. Ainsi donc commence ce petit jeu toxique sans règle où l'infidélité est arbitraire. La victoire lui revient, puisqu'il couche avec ma meilleure amie, ce qui met fin à cette comédie angoissante qu'on s'inflige depuis trop longtemps.

À la maison, j'ai toujours un père et une mère que j'aime et qui m'aiment, mais qui se séparent. Leur séparation est orchestrée par la culpabilité du désamour. C'est une rupture qui n'est pas violente, mais lente, ou peut-être est-elle violente parce qu'elle est lente. Soucieux de notre bien-être, ils nous protègent, mon frère et moi, avec excès, persuadés que jouer la comédie du bonheur jusqu'au divorce supprimera toute forme de traumatisme. Pas de portes qui claquent ni de cris, jamais. Discrets. Secrets. Silencieux. Toujours. Au milieu de ces longs mois de séparation, ils trouvent respectivement un nouveau conjoint, et je déteste chacun d'eux. Avec eux, je suis odieuse, davantage avec la compagne de mon père. C'est une femme brillante qui empeste le charme. Elle aime les esprits bien faits, le luxe et la beauté. Pour la rendre folle, je lui vole ses affaires, les porte en secret puis les cache, trouvant des prétextes lorsqu'elle parvient enfin à mettre la main dessus. Une adolescente de dix-huit ans qui joue la peste, c'est une pétasse, et avec elle, je me surpasse. Quant au compagnon de ma mère qui porte le prénom d'Hitler, je ne m'y attarde pas. Son désintérêt prononcé pour d'autres enfants que les siens ajouté à la laideur de sa dénomination signe d'emblée sa date de péremption. Mes parents, las de supporter une énième fois mon comportement, décident de m'installer dans une chambre de bonne, loin de la nouvelle femme de mon père et du plat avarié de ma mère.

« J'ai conscience que je suis parfois insupportable en société. Je pose des questions qui dérangent. Bien qu'armée de patience, je m'agace lorsque l'autre pense à voix haute. Mais ce n'est pas de ma faute à moi. Puisque trop souvent je me retrouve entourée de nouveaux riches à l'humour gras vomissant de fausses louanges qui abîment l'image de la femme et de la France. Alors moi, que voulez-vous, il faut bien que je les mange. »

Mes années de lettres me parfument de succès. Mes nuits blanches se résument à lire de grands ouvrages qu'il faut décortiquer, analyser et critiquer pour m'en faire un très beau manteau social. Flaubert, Verlaine, Stendhal, Zola, Proust, Apollinaire, Camus, Sartre, Beauvoir, Woolf, Sagan, Ronsard, Vian, Duras, Beckett, Madame de La Fayette et d'autres encore deviennent mes meilleurs amis. J'habite seule depuis six mois dans une chambre de bonne à Passy, j'ai dix-neuf ans et il n'est plus question de traîner dans les bars pour faire la belle. Ma vision de la beauté a changé, et même si je continue d'être joueuse, je préfère me cultiver pour façonner mon esprit. Mes rencontres se multiplient, j'ai le sentiment d'avoir mille vies et mille avis, sans compter les discussions qui s'entremêlent où chaque échange, chaque bribe de bavardage dessinent une idée de mon idéal. Dans toute cette cacophonie, certaines entrevues m'agacent et me rappellent un passé proche que je déplore où la bassesse est reine. La bêtise humaine m'atteint moins, sinon plus. C'est-à-dire que je préfère la dévisager que discuter avec elle. Et là, au centre de cette folie où je bâille de plaisir, mais jamais d'ennui, demeure une seule obsession : vivre une grande passion. Je sais par ailleurs, et sans condescendance aucune, que je suis promise au véritable amour. Le soir dans ma chambre, je l'imagine et le dessine, je parle sans cesse de lui en pensant que plus sa description sortira de ma bouche, plus il deviendra réel.

« Insatiablement, nos existences mesquines réclament la surprise, le trouble, l'inattendu. Qu'importe l'intensité du frisson, ce à quoi nous nous attendons le moins nous fait vibrer le plus. »

Je ne suis pas pressée. En attendant mon Jacques Demy, je joue la Varda volage avec quelques garçons d'essayage : j'étudie, je ris aux éclats, je danse, je discute, je débats, j'écris, je vis.

Un matin, très tôt, l'interphone de ma chambre de bonne retentit. On m'informe que j'ai un colis. Je n'ai pourtant rien commandé. Nous ne sommes pas encore en avril qu'il fait déjà très chaud dans ma cage. Pour respirer les sept mètres carrés d'oxygène de mon antre, je dors toute nue la nuit et me déplace en culotte uniquement. Comme je suis au septième étage sans ascenseur, je sais que le livreur risque de faire des pauses entre chaque étage pour reprendre son souffle, ce qui me laisse un battement approximatif de cinq minutes et quarante-trois secondes entre la sonnerie et son arrivée pour me rendre présentable. Nous ne sommes jamais à l'abri d'un prince charmant. Une fois le paquet réceptionné, je m'empresse de l'ouvrir.

C'est une bague en argent simple comme une alliance. La personne qui me l'a choisie a du goût. À l'intérieur, on peut lire, gravé : « fuck marriage », accompagné d'un bout de papier sur lequel on peut lire : « Veux-tu ne pas m'épouser cette semaine ? » Le prénom signé me parle vaguement.

« Ma mère voulait m'appeler Lou, et mon père Sarah. Ils ne savaient pas encore que leur choix allait bouleverser toutes mes amours. Mon drame est un prénom sans religion. »

Depuis petite, je suis entourée de juifs. Tous mes amis sans exception le sont par un hasard que je ne saurais expliquer. Près d'eux, je suis loin du portrait clownesque du chalalah que j'ai connu au lycée. Le vendredi, je suis invitée à shabbat, parfois aux fêtes, et mes amis me convient aux retrouvailles organisées place du Trocadéro où je me fais appeler Sarah Cohen sans me faire démasquer, après que tous ont passé leur été en Israël. Le week-end, ils me lisent la beauté de la Torah, m'expliquent sa dimension poétique et philosophique, sans aucun prosélytisme mais par plaisir évident de me raconter un art de vivre que je ne connais pas. Après cela, comme on le sait, j'emprunte des chemins moins chastes. C'est pour cette raison précise que j'attire à mon tour, ce matin-là, cet homme de confession juive prêt à ployer le genou pour me demander de ne pas l'épouser : j'incarne tout ce qu'il ne connaît pas. L'originalité du geste me flatte. Les êtres audacieux sont plus charmants que les autres. Ils pourraient même être très laids que cela les rendrait beaux. J'accepte ma cérémonie de non-mariage en allant boire un verre avec lui. C'est un homme très drôle qui adore, sans grand étonnement, Woody Allen. À Paris, tous les jeunes de mon âge le connaissent pour ce qu'il incarne et ce qu'il est. Son degré de pratique religieuse est extrême : il mange strictement casher, fait shomer shabbat, et veut ou doit – le sait-il lui-même ? – se marier avec une juive vierge qui ne doit être ni convertie ni divorcée, etc. Assez vite pour ne pas dire tout de suite, je comprends l'intention de la bague, sa demande, le tourment de l'interdit que je lui cause déjà.

« Je ne sais pas si je préfère te voir partir ou si je me plais à te garder près de moi. »

Avec beaucoup de hauteur, je considère mon non-mari comme un cas d'école dont il ne faut pas trop s'éprendre. Pour moi, il est très difficile de ne pas tomber amoureuse. Si l'on m'accuse d'avoir un péché, c'est celui-ci et je plaide coupable. Mon corps ne sait pas se séparer de mon âme : ils ne font qu'un et réagissent chimiquement au contact de n'importe quelle forme de beauté extérieure. Je dois intellectualiser chaque fait et geste pour ne pas succomber au charme d'un homme. De lui, donc, je décide de ne pas tomber amoureuse. Mais notre relation devient une romance bancale qui frôle la tragédie shakespearienne où Roméo ne peut pas être avec Juliette parce qu'elle est goy. J'épouse chacune de ses traditions tout en appréhendant le moment de notre divorce culturel. Il est plus âgé que moi mais son niveau d'étude de la Torah l'a poussé à rester vierge. Il me fait l'honneur de le dépuceler un soir d'hiver. Lorsque nous faisons l'amour, c'est-à-dire très rarement, il s'excuse d'avoir joui en s'adressant au plafond, larmoyant et honteux d'avoir déçu Hachem. Moi, je le juge très fort en espérant que son Dieu nous regarde. Lors de nos entrevues – toujours dans des restaurants casher –, il m'affirme avec l'audace d'un fuckboy déguisé en saint qu'il parle à d'autres femmes pour ne pas plonger et, peu à peu, mes crises d'angoisses réapparaissent. L'interdit qu'il m'impose et que j'accepte en restant avec lui me rend malade. Je ne sais plus si je préfère le voir partir ou si je me plais à le détester en le gardant près de moi. Dès lors que je le quitte et me retrouve seule, je discute avec moi-même et me dispute d'avoir pris de la hauteur sur cette relation pour dix minutes seulement. Lasse, je décide de mettre un terme à cette mauvaise tragédie.

« Le roman d'amour est une consolation perverse. Dans l'excès, les personnes qui adorent les phrases mielleuses sont dévastées par un chagrin profond, terrible et inavouable qu'elles se plaisent à déguiser en trois petits mots confortables : je suis sensible. C'est faux, Madame, vous êtes dévastée. Votre corps tout entier hurle en silence et les mots qu'il ne vous dit pas, vous les dévorez ailleurs. En réalité, le monde est peuplé de Madame Bovary. »

Mes cours de lettres deviennent la clé de tout mon être. Les gourous de pacotille et coachs en tout genre sont des partisans du moindre effort. La seule vraie science sociale s'apprend entre les lignes d'un roman. Grâce à mes professeurs, je découvre par l'analyse des textes venus d'autres siècles ce qu'on n'avait jusqu'alors jamais su lire en moi. Par l'insanité sous le murmure, une délicatesse masquée par une violence verbale, la métaphore, la syntaxe, tout ce qui permet de mettre en lumière l'évidence cachée dans l'ombre, je comprends peu à peu ce que je ne comprenais pas chez moi. Pour continuer de lire, je fais parfois des nuits blanches, je rate une station de métro pour connaître la fin d'un chapitre, j'oublie de répondre au téléphone. Mes lectures ne me donnent aucune nausée intellectuelle. En lisant, j'ai toujours faim de rencontrer un nouveau personnage pour en rêver la nuit. Le lendemain en classe, on me demande pourquoi j'ai une sale gueule, et je ne réponds rien. On me dirait folle, et folle, je ne le suis pas. Ce sont les autres qui sont fous d'être si sages. Le cours de littérature du XIXe siècle est mon préféré. Ma professeure, fascinée par ce qu'elle enseigne, me fait aimer Flaubert avec ferveur. La médiocrité d'un personnage est à chaque fois la partie que je préfère. C'est toujours la partie sale qui est la plus intéressante. Elle ne ment pas. Elle lèche l'enfer. Comme le personnage d'Emma Bovary, une pauvrette assoiffée de romance au point d'en mourir de chagrin. En lisant sa détresse, je n'éprouve aucune forme de tendresse pour elle, au contraire, je la méprise. Pourtant, je sens qu'elle prend lentement possession de mon être. Cette médiocrité qu'on rejette chez l'autre, la rejette-t-on parce qu'on ne l'accepte pas en soi ? Et si Madame Bovary, c'était moi ?

« J'attends impatiemment le moment où, inconditionnellement, je serai aimée pour aimer follement en retour. Mais tu ne viens pas. Tu ne m'envoies que des garçons de substitution, quelques essayages, des croquis qui portent tes traits, des dessins imparfaits. Et ces petits frissons ne sont ni la vague ni le tourment. Ils ont tous un morceau de toi et te dessinent par assemblage. Mais tu ne viens toujours pas. Non, tu n'es toujours pas là. Ce n'est pas un Picasso que je veux, c'est une œuvre dont tu es le maître dans l'art. »

On sous-estime le pouvoir des souhaits. Le mien s'exauce et je vis une passion folle. Je rencontre celui qui sera mon premier croquis amoureux au cours de ma licence de lettres. C'est un musicien de vingt-cinq ans qui travaille dans un bar en espérant vivre un jour de son art. Beigbeder écrit qu'il a aimé une femme parce qu'elle qualifiait ses cystites chroniques de rhumes de la foufoune. Moi, je l'aime parce qu'il porte le lundi une moustache, le vendredi, une barbe de Néandertal et le dimanche, dévêtu, un menton rasé à blanc. Tantôt, son humeur lui dessine les expressions d'Adrien Brody, tantôt celle d'un Johnny Depp mal luné. Seigneur, cet homme possède une palette infinie de visages. Et sa voix. Et son odeur. Tout son être me supplie. Mon désir est indécent. Il connaît ma bouche mieux que je la connais moi-même et mon visage fait jaillir de ses yeux des flammes, comme s'il n'avait jamais touché, connu, vu, d'autre femme plus belle qu'il est possible d'être belle. Féline, je ne m'appartiens plus. Plus il m'embrasse, plus mes traits se transforment. Je suis jeune et vieille, bourgeoise et pauvre, l'incarnation du désir sur terre. Il me dit mon amour tu as tout. Tu es tout. Il ne m'aime pas, il meurt de moi. Dans ses bras, chaque jour est un sacre. Il parvient à m'enivrer sans prononcer nul mot, il me manque lorsqu'il est endormi près de moi, il me déchire le cœur dès qu'il claque la porte. Les jours sont des nuits ou les nuits sont des jours, je ne sais plus et peu m'importe, pourvu qu'il m'embrasse encore, pourvu qu'on se fâche et qu'à nouveau l'on s'enlace. Je lui appartiens et il m'appartient, parce que la passion nous possède. L'amour, c'est cela, être encore curieux de l'autre après des nuits entières de discussions entremêlées d'étreintes et de baisers.

« Il fut si facile de t'oublier que l'hiver m'a semblé doux, presque aux prémices du mois de juin. C'est merveilleux et terrifiant à la fois : les saisons sont toutes les mêmes lorsqu'on n'aime plus quelqu'un. Comme si on passait plusieurs nuits entières à ne jamais jouir de rien. Pas de soupir béat, pas de plafond blanc qui se transforme en cerisier fleuri ni de frissons le long de la nuque. Tout est pareil et porte le même parfum quand on n'aime plus quelqu'un. »

Nous vivons deux années d'amour et de vertige. La première année se déroule principalement dans ma chambre de bonne, glaciale l'hiver et trop chaude l'été, mais où, à quelques scènes de jalousie près, chaque instant est parfait. Ses parents m'adorent. Ils habitent Boulogne et m'invitent pour shabbat chaque vendredi soir, se souciant peu de savoir si j'aurai un jour des enfants de confession juive avec leur fils, car nous en aurons, disent-ils, fiers et sûrs, déjà grands-parents. À leurs yeux, je suis l'évidence de leur fils. Mais la seconde année se passe différemment. Un soir de fête, je découvre par accident son goût prononcé pour l'excès. Car que serait l'amour sans ses surprises ? Avant de me rencontrer, mon musicien flirtait déjà avec une autre, la cocaïne. Pris la main dans le sac, il décide, ce même soir, de tout m'avouer. Romanesque, il s'élance dans une tirade éplorée soutenue par un regard penaud – sincère et pathétique – pareil à celui d'un petit garçon qui aurait déçu sa maman. J'apprends que cette perverse narcissique continue de lui donner rendez-vous chaque semaine dans n'importe quelles toilettes de Paris, du moment qu'elle change ses sentiments en en sortant. Face à ma désillusion, il me promet d'y remédier mais en vain. Il me ment encore, car que faire sous l'emprise, jusqu'à me réclamer un bijou dont il m'a fait cadeau, prétextant la perte soudaine et inventée de sa grand-mère, pour payer sa poudre. Or, la noirceur de ma jeunesse m'a rendue intransigeante comme une vieille tante. Cette découverte assombrit notre histoire, sans compter l'estime que j'ai pour lui. Je réalise avec amertume que cet homme n'est pas à la hauteur de mes livres et, comme ma mère, je m'en vais dans un nouveau rêve. Sur quelques notes de désespoir à la française, je déchire mon premier croquis et, bien qu'il me voue une passion qu'aucune autre fille ne refuserait, notre idylle se termine.

« Les jours sont éphémères et l'aube est incertaine. Je ne sais pas dans quel monde vous vivez, mais dans le mien, on aime et on se le dit. Alors, nos nuits s'illuminent sous les rosiers. L'instant est à prendre lorsqu'il est à perdre. »

J'ai vingt-quatre ans et je ne le sais pas encore, mais cet été sera le plus bel été de ma vie. C'est un mois de juillet ardent qui efface toute éclaboussure du passé. Je ne culpabilise plus d'avoir rompu, au contraire, j'ai soif d'aimer, je veux recouvrir mon corps de plaisir, de baignade dans la Méditerranée, de pastis et d'escapades sous les étoiles. Il me faut un nouveau mâle à désirer, un autre croquis, mais plus travaillé, car que serait la vie sans rêves à glisser sous l'oreiller pour s'endormir le soir ? Depuis trois semaines, je discute par messagerie interposée avec un Niçois qui a fait de la peinture son métier. Je décide un jour de le rejoindre sans informer mes proches de mon secret fou. C'est un matin d'été princier, tiède, et dont la douceur assure une victoire. Mes six heures de train ne me font pas changer d'avis et, archange dans ma robe bleue, je m'en vais vivre ma vie. Il possède un appartement dans le Vieux Nice où, durant mon séjour, nous ne sortirons qu'à deux reprises pour nous baigner dans des criques. Le reste du temps est un programme sans virgule : nous fumons discutons chantons jouons de la guitare faisons l'amour et la cuisine parfois même l'amour dans la cuisine en écoutant Cesária Évora, et tout cela sans modération aucune. Au moment de se quitter, nous le savons : il est urgent de se revoir. Nous nous le promettons à demi-mot afin de ne pas gâcher la beauté de l'imprévu qui nous a enivrés une semaine durant. Je pars pour l'Auvergne et grâce à cette rencontre, l'espoir renaît.

« Dans ce domaine, lors des longues nuits d'été, le ciel noir est bas, les étoiles sont des boutons de rose qui font partie du jardin et la Lune est assise à côté de nous. Elle nous regarde dans son bain infini. Alors nous nous allongeons sur les chaises longues en pyjama, un verre de rosé à la main, silencieux, et nous contemplons le ciel. Chaque été se répète cette même danse de l'espace. On l'appelle la grande nuit des étoiles filantes. Il pleut sur nous des paillettes blanches. C'est impressionnant de beauté. Paris semble soudain désuet. Le charme atmosphérique nous chuchote qu'il est temps de faire un souhait. Mais nous avons toujours le même : nous voudrions rester ici à jamais. »

Les jours qui suivent portent une autre forme de beauté, le domaine de mes grands-parents situé dans les hauteurs du Cantal offre un ciel dégagé où nous pouvons compter les étoiles filantes le soir. Je savoure chaque instant en pensant très fort à cet homme que je rêve de revoir, et au moment du coucher, je suis hantée par son visage. Je m'en félicite et malgré le manque, je reste convaincue que le véritable ennui, c'est de s'endormir sans penser à personne. Dieu bénisse Nice. Mais toute la splendeur de l'été est ici, là où le calme règne, comme s'il voulait nous protéger du monde extérieur, de l'après. J'obéis à la nature et tempère mes ardeurs, ce n'est pas le moment d'être pressée. Je fais attention à ce qui m'entoure, à ces hectares de verdure où, quand j'étais enfant, les guêpes me piquaient sous mes pieds nus et où deux mariages éteints de cette famille se sont déroulés. Le temps engendre des drames, et cet endroit les garde en secret. Dans le jardin, il y a trois grands arbres : un tilleul, un cèdre bleu et un sapin. Le cèdre bleu est mon préféré. Il a une âme. Sa couleur ne s'accorde pas avec le soleil. Il porte une robe grise avec des reflets bleu glacé. Contrairement aux autres, il est un peu en retrait. C'est un arbre spécial. Il est la neige en été. Il me rappelle les hivers où mon grand-père se déguisait en père Noël pour nous enchanter mon frère et moi. Les grands-pères, lorsqu'ils s'en vont, se réincarnent-ils en arbres ?

« Je me déteste d'être passionnée lorsque ceux que je croise ou côtoie ne le sont pas. Près d'eux, on s'ennuie. Nous ne sommes que de tristes incompris. Je suis le feu, mais pas la poudre. Je suis le torrent, mais jamais la pluie. Tout m'absorbe et me transcende. Et vous, que faites-vous pendant ce temps-là, si vous n'êtes pas tout cela ? »

Ma rentrée universitaire est décevante. La journée, je m'ennuie en cours de sciences politiques et la littérature me manque. Malgré ma réticence et de nombreuses heures d'absence, on me remarque. Un ancien assistant parlementaire devenu professeur se prend d'affection pour moi un jour sur deux. Il n'est pas bel homme, mais c'est quelqu'un de brillant et il empeste le charme. Ses atouts, dont il a conscience, semblent lui valoir une haute opinion de lui-même. L'image de mauvaise élève que j'ai depuis toujours fait de lui un pilier potentiel. Il me donne son numéro de téléphone pour échanger de temps à autre autour d'un café à Saint-Germain-des-Prés. Dans les couloirs, la rumeur court que je passe sous la table. La réalité est plus alambiquée, moins obscène, mais plus perverse. Dans la forme, les discours qu'il me tient n'ont rien d'ambigu. Il adore répéter que je suis branleuse un jour et brillante le lendemain, avec cette contrariété fabriquée du professeur déçu de ne pas pouvoir sauver son élève. Mais dans le fond, son discours inconstant fait de lui le prédateur par excellence. Je ne lui en veux pas : il fait partie de ces mâles égocentrés frustrés que les femmes avec de l'esprit excitent et agacent à la fois. Le soir, je rejoins mon peintre qui a le mal de Paris. Son mal-être est tel qu'il s'insère dans mon propre ventre. De plus, je lui découvre une jalousie excessive et déplacée qui me refroidit. Mon passé lui est insupportable, inconcevable même, parce que « enfin, Sarah, comment a-t-il pu t'arriver tout cela ? Tu mens, Sarah, c'est trop gros, tu me dégoûtes Sarah. » Aussi répète-t-il sans cesse cette phrase insupportable « j'espère pour toi que tu prends bien la pilule, je ne veux pas de problème avec une menteuse ». Je finis par voir en lui un petit garçon qui croit que ma vie est un mensonge parce que la sienne est plate. Même sa beauté est désormais discutable. Enfin, il ne me plaît plus et je me félicite de ne pas en être tombée amoureuse.

Les jours se suivent et se ressemblent et je refuse de jongler encore longtemps entre des journées bancales et des soirées d'ennui où je fais machinalement l'amour à un homme qui ne m'intéresse pas.

« Me font doucement rire les garçons qui veulent se faire passer pour des hommes mais qui n'en sont rien. Ils vous habillent de grands discours, de grands éloges faits à eux-mêmes, de grands riens. Sous leur manteau d'immaturité se trouve un ego de géant avec pour seule clé de voûte leur maman. »

Insatiablement, nos existences mesquines réclament la surprise, le trouble, l'inattendu. Qu'importe l'intensité du frisson, ce à quoi nous nous attendons le moins nous fait vibrer le plus. Pour échapper à cette réalité morose qui commence à dévorer chaque morceau de mon être, je pars les week-ends sans prévenir personne, sauf mon père qui m'aide à payer mes frais de voyage. C'est le seul avec qui je partage mes idées noires et, inquiet, il préfère participer à ma fuite organisée plutôt que de me voir lentement mourir à Paris. Mon père est un chevalier qui passe sa vie à sauver la pauvre petite princesse retenue en otage par des problèmes de riches qu'elle s'invente pour stimuler son existence. Je m'immole l'esprit toute seule et personne ne peut me sauver de moi-même, pas même lui. Mes destinations sont toujours choisies à l'image d'un lieu dont je rêve depuis toujours. Pendant cette période de flottement, je désire que mes voyages aient du cachet. Un soir, assise sur une terrasse en vieux bois qui craque d'un petit chalet que j'ai trouvé quelques jours plus tôt sur Airbnb, je décide qu'il est temps de quitter l'enfant du Sud. En léchant les dernières gouttes d'un excellent blanc de blancs que le propriétaire a eu l'élégance des seigneurs de m'offrir, je lui écris :

Cher Niçois qui peint comme un dieu,

Cet été, tu m'as offert le plus beau des cadeaux : des frissons. Je ne vis peut-être pas dans la même réalité que toi, mais ce n'est pas celle que je vis près de toi qu'il me faut. Je veux l'été tout le temps même lorsqu'il pleut en dedans. Je veux que le temps s'arrête à chacun de mes éclats de rire et à chacun de mes orgasmes. Je veux compter les étoiles chaque fois que j'en ai envie, puisque là où je veux être, le ciel n'est jamais gris, allongée sur une colline près d'un chalet, un magnifique chalet que j'aurais imaginé jusqu'aux baies vitrées, entouré d'une immense forêt vue sur mer où chaque pièce serait dévorée de livres, d'odeurs et de souvenirs qu'on n'oublie jamais. Je crois que la véritable définition de l'amour, c'est ça. Pardon, mais je crois que je ne t'aime pas.

P.-S. : Est-ce que tu te sens toujours aussi patraque à Paris ? Et tes nausées ? C'est bizarre, mon mal de ventre ne disparaît pas. Dis-moi.
Je t'embrasse.

Une fois mon texto envoyé, je contemple les pins qui m'entourent, empirique. Actrice, je me prends pour la propriétaire des lieux. Ivre morte, ridicule et seule dans cette maison vide, je suis libre. Ici, j'ai tous les droits et tous les instants m'appartiennent jusqu'à la fin des temps. Plus tard, j'irai me coucher dans un lit qui n'est pas le mien, mais dans un corps qui m'appartient avec un esprit sans feu. Empirique, actrice et ivre.

« L'insensibilité m'exècre, l'absence de clairvoyance m'afflige et le manque de finesse m'insupporte. Cocktail détestable, poison éternel et sans âme, je cherche l'humain parmi les hommes, mais je ne respire autour de moi que perte de temps et mépris. »

Il ne faut jamais surestimer l'efficacité d'une rupture faite par texto sous prétexte que l'alcool donne des ailes. À mon retour, le peintre réclame une discussion que j'accepte. Comment faire taire la tristesse d'un homme blessé ? Je ne le sais pas puisque je ne suis qu'une pâle actrice qui prend toujours la fuite. Quand j'arrive à la terrasse du café qui fait l'angle de la rue Raynouard, il m'attend avec cette souffrance palpable des hommes fraîchement largués. Les femmes sont bien meilleures comédiennes pour masquer leur chagrin. Je le regarde me regarder marcher vers lui et sa tristesse frappe violemment mon ventre. Une fois assise, je commande un verre de champagne pour fêter ma rupture en prétextant que je digère mieux les bulles. Il me dit que chez moi, l'élégance est à la carte, ce à quoi je réponds par un sourire poli. Face à sa logorrhée, je reste silencieuse. Il ne mérite aucun mépris verbal de ma part. Son manque d'intelligence émotionnelle est un combat perdu d'avance et c'est ce que mon sourire lui signifie. Le soir même, je m'échappe dans le seizième pour y rejoindre un ami qui est pharmacien depuis peu. Je lui avoue que j'ai très mal au ventre depuis deux mois. Il parvient à me traîner jusqu'à la pharmacie du coin pour y acheter un test de grossesse : je suis enceinte de deux mois.

Je mets immédiatement mes parents dans la confidence. Près d'eux, ma terreur est inavouable et mon menton toujours levé. Pendant quatre jours, mon père annule chacun de ses rendez-vous pour m'accompagner dans tous les hôpitaux de Paris. Je ne peux pas avoir de bébé. Je ne veux pas avoir de bébé. Je suis un bébé. Et cet autre qui m'a fait un bébé est également un bébé. Les choses finissent par s'accélérer et l'univers ou l'obstination familiale nous offre la grâce : il n'est pas trop tard pour avorter. Moi, je ne comprends rien et je ne veux d'ailleurs rien y comprendre pour ne pas embrumer mes yeux et rendre ma tête malade. La fièvre est déjà dans mon ventre.

Les quelques personnes que nous avons mises dans la confidence s'interrogent ; mon déni est aussi copieux que les plats que je mange. J'agis telle une actrice en herbe s'apprêtant à passer quelques castings pour une comédie sans importance. Je dédouble mon inconscient et fais de moi celle qui se regarde jouer la figurante. Même si l'avortement est légal en France, son aspect moral ne fait pas l'unanimité dans le corps médical. Lors de ma première visite, mon père m'accompagne. C'est lui qui a insisté pour venir. Lorsque c'est à mon tour de passer, je le vois tristement baisser les yeux au sol. À cet instant, la double peine m'accable : je me déteste de lui infliger ce que j'aurais pu m'éviter. En sortant de mon rendez-vous, il se jette sur moi pour me prendre dans ses bras. Je ne sais pas pendant combien de minutes mes larmes ont coulé dans ses mains ce matin-là. Je lui rapporte qu'à plusieurs reprises, la femme qui m'a prise en charge m'a répété : « Mademoiselle, vous entendez, là ? Regardez, juste là, c'est le cœur qui bat, vous l'entendez ? Cela ne vous fait rien ? » Il serre les dents et ne dit rien. On ne se sent jamais aussi infantilisé que lorsqu'on porte un enfant à l'intérieur de soi.

« Ce qui est incroyable avec le désir dénué d'amour, c'est que lorsqu'il s'envole, il se dépose ailleurs. »

Je refuse de chérir mon chagrin. Comme mon père, je voue un culte au silence, qui écarte l'horreur de la réalité et l'efface. Dire mon mal reviendrait à sombrer dans la mélancolie et c'est impensable. Dans mon processus de guérison, j'ai acquis une forme de lucidité, et le silence en fait partie. Discrète. Secrète. Silencieuse. Cette parenthèse douloureuse est un coup de fouet et me rappelle que je n'ai qu'un dessein : me parfaire. En voulant noyer ma peine, je fréquente quelques garçons de passage sans véritable envie. D'aucun je ne tombe amoureuse. D'aucun je ne me souviens. Les dégâts du déni se dessinent dans leurs bras : je me nourris des hommes comme une mante religieuse pour remplir mon âme vide. Cette drôle de manie me rattrape un soir avec un homme dont j'ai oublié le prénom. Dans son cou, je m'effondre en lui disant qu'on ne peut rien faire ensemble, que je suis désolée, mais que « tu comprends, même si on se protège, je pourrais tomber enceinte ».

Sa réaction est tendre face à l'absurdité de la mienne. Je saisis qu'il est urgent pour moi de consulter, mais c'est à l'université que je reprends goût à la vie. Après que je me suis absentée quelques semaines, mon père me convainc qu'il serait insensé de ne pas valider mon master.

Mon choix de mémoire porte sur les électeurs blancs de Donald Trump et le retour à l'*America First*. Pour introduire mes propos, j'explique au jury que c'est une scène tirée d'*American Horror Story* qui m'a poussée à problématiser ce sujet. Le personnage principal, Evan Peters, âgé d'une vingtaine d'années, est assis sur un gros canapé cramoisi, les yeux rivés vers son téléviseur. Tout son corps est raide, comme poussé vers le ciel. Seul son bras, dont l'extrémité blanchâtre s'agite dans un paquet gras de Curly, fait un mouvement mécanique. Il hurle « Trump ! » à plusieurs reprises. Il attend, complètement dominé par une fureur de psychopathe que l'écran annonce son élection. Il n'en peut plus d'attendre. Le résultat est sans équivoque. Trump gagne. À cet instant, sa voix se transforme, une joie exacerbée s'en échappe, il attrape violemment le paquet de Curly, se dirige vers la cuisine et verse les gâteaux dans un mixeur. Il étale la mixture orange fluo sur son visage, fier, puis se plante devant le miroir de sa salle de bains, vraiment très fier. Puissant face à lui-même, prêt à conquérir l'Amérique pour qu'elle devienne une seule et même race blanche. Ses yeux dont la pupille noire a dévoré le blanc lui donnent l'air fou. Il se pointe du doigt et clame le slogan de Trump en imitant la voix du nouveau président. Après cette introduction, mon analyse critique de l'*American White man* est un franc succès.

« Quelquefois, il me plaît de jouer à l'idiote. Faire semblant de ne pas sentir les choses associées à mon air faussement naïf est devenu récréatif. Face à un loup, on se sent soudain toute pure. Volontairement, on le laisse à sa guise nous idéaliser, nous faire sombrer dans cette insouciance de femme enfant qui nous a pourtant quittée depuis bien longtemps. On joue la brebis apeurée, celle qu'on peut facilement émerveiller. Ô combien j'aime me jouer de vous, messieurs, vous qui vous croyez au-dessus de moi, vous, vous, vous qui ne voyez pas que le loup, c'est moi. »

Avant de quitter l'université pour toujours, mon sourire se dirige vers l'ancien assistant parlementaire pour lui signifier ma reconnaissance et mon mépris.

Lors d'une soirée décadente organisée par un ami qui a deux fois mon âge, je fais la rencontre d'une femme qui est directrice de cabinet ministériel. Elle se prend d'affection pour la façon que j'ai de m'exprimer et fait la promesse de m'aider à devenir plume politique. Après ce soir-là, nous nous donnons rendez-vous chaque mardi rue Montorgueil pour y boire un verre et élaborer mon plan de carrière. Au cours d'un de ces entretiens, je lui apprends que, deux années auparavant, un épisode sexiste vécu avec un jeune député désormais ministre a encouragé ma soif d'étudier les sciences politiques. Elle m'avoue à son tour que cet homme tient une réputation à la hauteur de mon récit, qu'elle déplore. Cette révélation l'encourage à m'aider. Deux jours plus tard, elle m'accompagne à la Brasserie Bourbon pour que je puisse y rencontrer des parlementaires à la recherche d'une esclave douée d'écriture. Majestueuses, nous arrivons toutes les deux vêtues de noir, rouge carmin aux lèvres, cheveux tirés en chignon et le regard franc. Elle vante mes mérites auprès de la cour en disant que je suis celle qu'il faut vite choisir pour ne pas être volée par un autre tant j'ai du talent. Dans cet univers bavard, mon esprit s'échappe et s'égare rapidement. Je remarque des corps peu favorisés par la nature et très peu de jeunes femmes, sinon aucune. Les ministres et les assistants parlementaires discutent avec l'air grave, sûrs de l'importance qu'ils ont, de leur rôle à jouer pour sauver notre patrie. Autour de chaque table, le comique de situation atteint son paroxysme dès lors que les plats arrivent. Soudain, l'orgueil enfantin enrobé de noblesse disparaît. Tous se goinfrent comme des cochons comme si l'inélégance du bon vieux Français marquait un rapport de force dans l'esprit de l'autre. Les calculs s'estompent, la sauce au vin est bonne, oh ! Et cet os à moelle, un délice, et la cervelle s'est rangée dans le ventre rebondi et le mortel devient à nouveau mortel. La belle affaire ! Quel monde étrange que la politique, quel ennui. Je me retiens de bâiller lorsqu'un soupçon d'angoisse me parcourt la poitrine. Je croise le regard d'un ministre qui me dévisage de la même manière qu'il dévisage la femme que j'accompagne. Je m'imagine soudain travailler pour lui. Lui ou un autre, ces mâles en costume sur mesure ne m'inspirent que de très vilains sentiments. Quand je rentre chez moi, mon dessein politique s'effondre et devient un moment d'égarement.

« L'auteur de mes jours est si bon qu'il m'est impossible de ne pas mépriser les hommes lorsqu'ils n'arrivent pas à sa hauteur. »

Les mois qui passent sont sans saveur nouvelle. Ce n'est pas que je réclame la foudre, mais disons que j'aimerais m'en plaindre un peu. Il me faut une folie en bouche, quelque chose avec du cachet. Le repos a assez duré. Sans amour, la vie ne sert qu'à nous faire bâiller.

Malheureusement, mes caprices sont reportés à plus tard. Le Covid nous pousse au confinement total. D'un commun accord, je pars vivre chez mon père dans le quatorzième. C'est un lieu propice à la bonne humeur. L'appartement qu'il habite est un ancien atelier d'artiste épuré avec une hauteur de plafond où résonnent les voix, équipé de deux caves à vin, une baignoire, dix globes terrestres, et un million de bouquins. Les livres dévorent les murs, si bien qu'on se croirait dans une bibliothèque où les lettres, étouffées dans leurs phrases, semblent flotter dans l'air. Au fond de la pièce principale siège un escalier blanc en colimaçon menant à un rooftop gâché par le vis-à-vis et la grisaille des autres immeubles. Mon père y passe une heure chaque soir pour y fumer son cigare « peinard ». Lorsqu'il part faire quelques courses, il aime acheter des produits de qualité. Une fois à table, il dit toujours cette phrase, fier comme s'il avait tué la bête lui-même : « Cette viande, ma fille, c'est de la soie. » Mon père est un homme qui plaît et dont on se rappelle. Il est doux, pudique avec ce qu'on appelle une force tranquille. Son esprit est souple, si souple que la seule chose qu'il n'accepte pas est le manque de souplesse. Il fait partie de ces personnes qui écoutent plus qu'elles ne parlent tandis que sa connaissance du monde pourrait rendre bègue n'importe qui. Mon frère et moi mesurons notre chance. Avant notre naissance, sa mère, que j'aime comme la mienne et dont l'histoire mériterait un roman entier, était sa seule famille. C'est un père exemplaire qui a su l'être sans modèle paternel. Il est la preuve qu'on peut transmettre de l'amour lorsqu'on en a manqué. Durant notre cohabitation, tous nos échanges sont des instants de grâce. Il adore se moquer de moi et moi, j'adore lui raconter des histoires pour le faire rire. Un soir, après que je lui ai conté une énième anecdote, il tire sur son cigare en prenant l'air d'un mafieux qu'il n'est pas et lâche : « Ta vie est un roman, ma fille ! Pourquoi ne vis-tu pas de ton roman ? » Je ne sais pas si cette remarque est une blague, mais je la garde.

« J'enfile des bas et une petite culotte noire en soie. J'y accroche un porte-jarretelles sans filer mes collants. Je remarque que mon geste est plus précis qu'avant. Moins enfantin. En guise de tenue, je me couvre d'un long trench-coat beige arrogant. Arrivée dans l'entrée, je contemple mon reflet dans le miroir. Il manque un détail. Mes boucles d'oreilles de cristal grosses comme des dattes. Joli serpent, fais un sourire de petit lapin blanc. Une fois satisfaite par une allure trompeuse réussie, je regarde mon portable. Le taxi est en bas. Ce soir, le loup, c'est moi. »

Un soir de mars, je décide de rencontrer un homme sorti de nulle part. Nous n'avons pas beaucoup discuté par messages comme j'ai l'habitude de le faire avec les autres. Les correspondances ont un pouvoir : elles invitent à deviner l'âme de l'autre. Si l'interlocuteur s'exprime avec une parfaite éloquence, méfiance : il sait user de ses charmes. S'il manie la langue et le rythme avec maladresse mais conviction, c'est adorable, car il essaie, et dans l'effort réside l'envie. Mais si l'interlocuteur ne parle pas ? Il me donne rendez-vous à l'hôtel Grand Amour, dans le dixième. C'est la première fois depuis des mois que l'excitation me prend. Dans la rue, je fais exprès de marcher lentement pour imaginer le son de sa voix, la taille de ses mains, son parfum, le regard qu'il pourrait porter sur moi. J'espère qu'il me trouvera belle. Mais drôle surtout. Ce qui n'a pas d'humour n'a pas de charme. Et si la forme de mon visage ne lui plaisait pas ? J'espère qu'il ne porte pas Terre d'Hermès, auquel cas, j'irai vomir dans les toilettes. C'est impossible, son visage est marqué par le bon goût. Il doit porter du cuir anglais ou du patchouli. Non pas du patchouli, c'est guindé pour rien. J'espère qu'il n'est pas religieux. S'il l'est, je lui montre tout de suite mes porte-jarretelles. J'y suis. Cette soirée commence déjà comme un poème.

« Le charme se dévoile
Là où tout ne se dit pas. »

Il vit dans un appartement situé au-dessus de l'hôtel Grand Amour où nous avons l'habitude de boire des bouteilles de rosé. Son appartement est décoré avec goût. Il y a très peu d'objets, mais suffisamment pour remarquer qu'un esthète vit entre ces dix-sept murs. Une guitare est adossée contre la cheminée de la pièce principale. Deux belles plantes, dont les feuilles ressemblent à celles d'un bananier, donnent un peu de vert au blanc qui trône jusque dans les moulures haussmanniennes. Au centre, près d'un immense canapé beige côtelé qui doit valoir une fortune, une table basse en marbre fait office d'objet utile où disposer quelques livres d'art, des cigarettes et un cendrier.

Un soir, assis à la terrasse du Grand Amour, je lui fais remarquer que la clientèle semble revenir tout droit des années BB Brunes ou encore du film *LOL*, que c'est drôle tout de même de m'avoir emmenée ici parce qu'à l'époque j'aurais pu tuer pour un mec mi-négligé mi-branché seizième, mais qu'après tout j'ai changé de style et que c'est pour cela que je suis actuellement assise en face de lui. À cette tirade à l'enthousiasme inutile et dont j'ai l'habitude, il me répond, l'air amusé : « Tu dis ça pour rire ? » L'expression de mon visage doit probablement le déconcerter de sévérité puisqu'il enchaîne en me disant : « Sarah, j'ai joué dans *LOL*, je croyais que tu le savais ! Cette fille est folle », et finit par : « Je ne sais pas si tu es faussement naïve ou simplement insouciante, mais ah ! Tu me plais beaucoup trop. » Quand « tu me plais » frôle encore la limite de l'amour, le pléonasme « beaucoup trop » invite au risque de la dépasser avec grande ardeur.

« Si je réclame la passion violente, j'accepte mon chagrin, quitte à m'y noyer un peu. Oh, je ne suis pas masochiste, mais je ne suis pas née pour bâiller. Là, là il faut laisser pleurer l'enfant enfoui, car les plaisirs brûlants rejaillissent toujours, comme la fleur après la pluie. »

Nous continuons de nous voir malgré l'interdit. Dans la religion juive, ses trente ans font de son célibat une urgence où aucune soupirante ne répond à ses attentes. C'est un prince, mais c'est un prince maudit. Il veut de moi, mais la religion n'en veut pas. Elle l'a conditionné. Quand la modernité balaiera-t-elle le communautarisme notoire de notre société ? En attendant que la société ne change jamais, j'en profite pour me rendre inégalable à ses yeux. Il m'arrive parfois d'avoir quelques accès de colère qui trahissent mes sentiments. Sans aucune raison apparente, je deviens ordurière et très méchante. Il ne réagit jamais sur le moment et m'écrit toujours après pour me dire qu'il ne m'en veut pas. C'est quelqu'un de très gentil que j'amuse. Nous sortons la nuit, tard, jusqu'à l'aube. Nous chantons dans sa Smart avant de prendre des shots rue Princesse, dans le Marais, n'importe où où il est possible de vivre et de jouir avec excès. Il me fait conduire sa Smart, ivre dans des petites ruelles vides, sans que je n'aie le permis.

Il me dit : « Viens, on part à New York ou à Rome juste pour le week-end », pour finalement se rétracter la semaine d'après. Il embrasse, de façon quasi paternelle, mes larmes de frustration entre un Bouillon Pigalle à minuit et son lit, où ses baisers deviennent tout à coup langoureux, ardents.

« Cannes l'été, c'est le socle de la putréfaction humaine, la soumission consentie au système, un ragoût d'argent sali par la nouveauté du nouveau riche. La caricature s'y installe lorsque quelques filles sans cervelle mais extrêmement belles acceptent une balade sur un yacht – encerclé d'une mer de cigarettes, peu importe la planète – à condition de pouvoir le montrer au monde entier. Suis-je plus belle qu'elle ? Se demandent-elles, inquiètes. Déambulant par dizaines au mètre carré, on ne sait plus comment elles s'appellent, sinon un gibier ou peut-être un joli lévrier. Et la gueule du loup, aux dents glacées de tartre et au nez poudré de fausse cocaïne saveur Doliprane, transpire l'indécision. Qu'importe, pourvu que la prise soit belle. »

L'été est là et celui-ci est pour moi un événement. Avec des amis, nous décidons de partir à Cannes pour y passer deux semaines. La fête est essentielle pour oublier une histoire d'amour impossible et Cannes dans sa robe de faux-semblants s'y prête parfaitement. Un soir, au moment de sortir pour danser au Baoli, j'entends une voix familière au loin. C'est lui. Je me mets à le chercher du regard et, en le trouvant, une sensation de révolte enfle doucement en moi.

Arrivés au Baoli, mes amis et moi commandons des bulles. L'alcool me rend attentive à ce qui m'entoure et c'est très bien, je ne veux pas m'attarder sur ce qui se mélange en moi. Je surprends une conversation entre une jeune femme et un Saoudien. Elle accepte sa proposition. Demain, elle se dandinera avec ses amies sur le yacht d'un vieux millionnaire vivant à l'année dans une monarchie absolue islamique, oui, elle se dandinera, sourire béat et faux seins ballants, persuadée de saisir le bonheur, puis repartira, ivre mais ravie, des étoiles plein les yeux et l'âme vide. Elle rentrera dans sa petite location de vingt mètres carrés payée pour la semaine et retouchera les photos que le vieux monsieur aura fait d'elle et de ses amies. Une fois satisfaite du mensonge posté sur ses réseaux sociaux, elle ira dans sa salle de bains pour se contempler dans le miroir, et brossera alors ses faux cils, fière et belle, déjà impatiente de vivre une nouvelle illusion sans saveur. Le spectacle de cette boîte de nuit est une caricature à elle seule ; peroxydée, sublime et crade. Sur le trajet du retour, je pense à tous mes paradoxes. Aussi insensé que cela puisse paraître, mon cœur s'apaise en Auvergne et mon esprit se vivifie à Cannes. Si je passe mon temps à dépeindre la schizophrénie qui réside en chacun, c'est que je fais partie du *chacun*.

« L'art d'écrire, plus précisément sur les personnes qu'on aime, c'est faire rester pour toujours ce qui est voué à partir. Mon amour, même si tu n'es plus mon amour, un jour, tu seras toujours mon amour quelque part. »

Le lendemain après-midi, je croise cet homme avec qui je ne peux être à la plage. Il m'invite à le rejoindre dans l'eau. Ferme dans le dessein d'oublier cet être dont tout m'obsède, je choisis de le laisser parler. Pour chasser cette joie sotte qui monte en moi, j'arbore un visage sans passion que rien n'ébranle. Lui, tout le consume : mon maillot de bain, ma moue d'indifférence, ma peau brunie par le soleil. Il commence à parler et m'offre par l'unique son de sa voix un désir avide. D'humeur mélancolique, il m'avoue que le soir de notre rencontre, il m'imaginait déjà postée devant la fenêtre de sa chambre. « Je me suis demandé ce que tu pouvais porter sous ta robe, si c'était un string ou une culotte. » Dès ses premières paroles, la plage privée qui grouille d'enfants est souillée. « Avant que tu allumes ta première cigarette, je me suis demandé si tu fumais dans l'espoir que non. Puis, je me suis dit, si cette fille fume après avoir fait l'amour, j'aurai envie de la manger, de la dévorer jusqu'à ce qu'elle en rallume une, tremblante et en manque. Simplement pour la voir encore nue, mais pas toute nue. La fumée doit un peu l'habiller. Comme à son image. Cette fille-là est une suggestion. » Il continue : « Je te voyais déjà, juste là, près de la fenêtre de ma chambre, immobile et dont les formes voluptueuses ondulent le corps sans mouvement. Puis… » Il conclut : « Puis, je me suis dit : "Allez tais-toi, espèce de con ! Je me fiche qu'elle fume", parce qu'à cet instant précis, à l'instant même où tu allumais cette cigarette, tout ton être, tes mains, ta voix, ta peau me hantaient et m'obsédaient déjà. » Après cela, il n'est pas utile de raconter la suite. Mais sa logorrhée m'avoue une chose importante : je complique tellement ma vie par crainte d'échapper à la poésie qu'il est temps de l'écrire.

« Je voudrais m'excuser auprès de celle que je suis, m'excuser des faux-semblants dont j'use et abuse et qui me maquillent. Je voudrais m'excuser auprès de mon ventre, que je traite comme un étranger, à coups d'ivresse sévère et régulière, de crises d'angoisse répétées. Je voudrais m'excuser auprès de mon sexe, désanobli dans les bras d'hommes malpolis. Mais surtout, je voudrais m'excuser auprès de cette toute petite fille sommeillant en moi, que j'étouffe afin de la faire à jamais sombrer dans l'oubli. »

La semaine d'après, ou dès le soir même, je ne sais plus quand, je décide de créer un compte Instagram d'écriture que je nomme « La délicatesse des mots ». Au demeurant, c'est un secret. J'ai un pseudonyme et cent personnes qui me suivent seulement, ce qui me donne la liberté d'écrire ce que je veux et de parler sans être interrompue. Je pourrais choisir par orgueil cette mécanique tristement banale qui consiste à faire ce qu'on attend de moi : devenir une garce vengeresse dont les mots sont des balles. Mais je suis pleine de colère, et si je veux faire entendre raison à mes lecteurs dont certains que j'accuse de m'avoir malmenée, je choisis la délicatesse. La fragilité entraîne la brutalité et c'est une façon pour moi de calmer mes ardeurs.

Cette petite fille qui ne parle pas, ces chalalah, ces loups, cette soirée du Nouvel An, cette femme avant d'être mère, ce grand-père, ces juifs, l'autre : tous me possèdent. Et moi dans tout ça, où suis-je alors ? En créant ce compte d'écriture, je souhaite cristalliser les fantômes de mon passé, les rendre à la vie une dernière fois pour qu'ils disparaissent à jamais.

Après la création de ce compte, chaque jour est un premier matin de printemps, c'est la fin des crises d'angoisse et la naissance du *non* que je n'ai jamais su dire petite fille. C'est le pardon que je fais à ma mère, et la colère disparue. Chaque texte que j'écris et que je publie me sauve du naufrage de mon enfance. Les autres me lisent et en me lisant, on m'entend. La notion de temporalité, elle aussi, semble s'être effacée de mon quotidien. Désormais, je ne vis plus dans le monde réel, mais dans la délicatesse des mots. Je suis le personnage principal de mon royaume. J'y crée des pièces, des figurants que je rencontre, parmi lesquels quelques soupirants, parfois de faux princes charmants, sans oublier les méchantes sorcières, vilaines, mais essentielles. La satisfaction que l'on a de soi-même attire les gens comme du miel, et j'en attire à la pelle. J'ai vingt-cinq ans et je n'ai pas d'âge, je viens de naître. Un matin de février, je me réveille, légère, prête à vivre un nouveau jour triomphant et je ne sais pas encore ce qui m'attend. Mon père me donne rendez-vous à Montparnasse pour m'offrir un tourne-disque. Sur le chemin, je fais tomber dans la rue un billet qu'une jeune femme s'empresse de me rendre. Dans le métro, on m'informe qu'un homme m'a fait une commande de textes pour une grosse somme d'argent. Quand j'arrive à la boutique où mon père m'attend, le vendeur se trompe sur le prix de la platine vinyle, divisant la somme par deux. En rentrant chez moi, fête. Il neige. Disgrâce pour le diable ! La chance est avec moi. Je décide de préparer un couscous que je fais mijoter tout l'après-midi. Ce jour-là, les messages fusent. Je ne sais par quel miracle un garçon que je suis depuis quelque temps sur les réseaux sociaux décide de m'appeler pour débattre autour d'un texte que j'ai publié la veille.

Je ne le sais pas encore à l'instant où je lui parle, mais il sera l'initiateur de la plus belle rencontre de ma vie. Une semaine plus tard, il m'invite à pique-niquer dans les hauteurs des buttes Chaumont. L'arrogance du garçon que je fréquente à ce moment-là me pousse à fuir son appartement très tôt le matin. Il est prétentieux mais sait faire l'amour. C'est le fils d'un ancien ministre et, comme cette description à laquelle je le réduis, il m'ennuie. Toujours est-il que pour une fois, je suis en avance quelque part. En arrivant, j'aperçois une fille assise dans l'herbe avec un large sweat bleu à côté de mon ami. Elle a les yeux bleus d'un persan et les cheveux noirs. Nous faisons connaissance et elle m'apprend qu'elle est à son compte dans le milieu spirituel. Elle s'appelle Kim. Nous découvrons au fil de la conversation que nous sommes voisines. L'évidence est parfois joueuse : on ne la voyait pas et pourtant, elle se trouvait juste devant nos yeux.

Quelques jours plus tard, lassée de Paris et de ce garçon qui voudrait que le monde tourne autour de lui, je décide de partir à Nice pour faire de ma vie un nouveau poème. Je convie Kim, que je connais à peine, mais qui me rejoint. Chez elle, rien ne m'agace, tout m'enchante. Elle est d'une légèreté folle et son appétit de l'autre la rend naturellement bonne. Son deuxième prénom est Mazel Tov et si ce choix fut une erreur causée par l'enthousiasme de ses parents à la naissance, il prend aujourd'hui tout son sens. Kim a un père juif, mais la religion n'a pour elle aucune importance. Ses croyances, depuis petite, sont portées vers le bouddhisme. Kim est profondément gentille. Elle anoblit mon âme. Ensemble, nous avons dix ans et la vie ressemble à une grande cour d'école. Princesse des bacs à sable, je lui dis : « Tu veux que je te montre mes bijoux ? » pour qu'à son tour, elle me montre ses robes. Je ne l'attendais pas et pourtant elle est celle que je n'attendais plus.

« Lorsque l'évidence apparaît, ne fuyez pas. Elle peut paraître folle dans son habit d'allumeuse et ce n'est pas grave, acceptez-la. Embrassez-la, serrez-la et ne la laissez pas partir. Surtout, ne la laissez jamais partir. »

Les jours d'après, je passe ma vie avec Kim. Elle m'appelle tous les matins au réveil et je vais chez elle chaque soir. Quand je lui parle, je m'exprime avec les mains et fais plein de gestes, toujours dans une intense excitation, celle de lui dévoiler mon être. Il arrive que les regards soient notre seul langage, pour ne pas brusquer la pudeur qu'engendrent les restes de l'enfance. Sa philosophie est semblable à la mienne. Il faut rire de la vie et de soi-même, sans cela, pour nous autres qui intellectualisons tout, nous courons à notre perte. Notre activité préférée est de ridiculiser le sérieux ambiant. Alors nous jouons. Libres comme deux millionnaires que nous ne sommes pas. Nous sommes sans cesse en mouvement. Les voyages et la fête rythment notre vie pour la nimber de souvenirs communs. J'organise des fêtes chez mon père, parfois avec Kim, chez elle, pour réunir toutes ces personnes incroyables rencontrées grâce à des mots sur internet. Souvent, je la regarde du coin de l'œil et elle devine que je vais lui suggérer de faire une bêtise. Elle s'exécute et me somme de faire de même. La visibilité de ma page Instagram qui me conduit à connaître des personnes talentueuses est notre terrain de jeu préféré. Là, dans le grand cinéma de la Gloire, deux femmes de vingt-huit ans s'amusent avec des personnes que tout le monde vénère. La popularité excite la médiocrité et chez nous, elle sublime notre insouciance. En soirée, nous avons l'idée d'inviter un tel que nous avons vu jouer dans un film récent, et la chance nous le sert sur un plateau d'argent. Après une fête imprévue, l'ivresse nous entraîne dans le grand bal de la nuit. Imprudentes, nous dansons avec le diable, comme ce soir d'octobre où nous allons dans un club de strip-tease près des Champs-Élysées interroger les vieillards sur leur présence dans l'unique but de susciter la stupeur sur leur visage fendillé. Nos questions bordées d'insolence sous couvert d'innocence convoquent le malaise et, une fois satisfaites, nous décidons de partir. Près de Kim, la vie est lunaire. Notre amour est sans équivoque.

Le désir sexuel n'en fait pas partie et c'est en cela qu'il est gage d'éternel. Elle me dit : « J'ai toujours rêvé d'avoir une amie comme toi, tu sais. Et je t'ai enfin près de moi. »

« Il me passionnait. Évidemment, nous n'avions pas la même vision des choses ni la même éducation, mais enfin, quoi de plus ennuyeux qu'un être se calquant parfaitement sur nous-mêmes ? Et qu'aurais-je appris, moi, pauvre mortelle, si dans son entièreté il me ressemblait ? Me suffire, moi ? Non, Monsieur. Je ne me condamne pas au simple fait d'exister. Les lignes droites ne m'ont jamais excitée. C'est d'ailleurs pour cela, je crois que la littérature m'a toujours fait du charme. Pour sa nuance, sa complexité, ses surprises. Mais je m'égare, car, disais-je, nous étions différents. Et peut-être était-ce en cela qu'il me passionnait, peut-être était-ce pour cela que je l'aimais. »

C'est l'été et je suis en Corse avec Kim. Pour prolonger le sentiment de liberté dans lequel je baigne depuis que j'ai noué cette amitié avec elle, je discute allègrement avec quelques hommes sur Instagram. L'amitié ne fait pas tout : le sexe est libérateur et l'orgasme fait une belle peau. Comme aucun homme n'arrive à la hauteur de Kim, je fais parfois croire aux hommes qu'ils m'intéressent. Déplorable distraction de l'esprit fatigué d'ennui. Je me dis qu'à force d'illusion, l'une des victimes de ma détresse pourrait être incomparable. Gavée d'histoires avariées, j'ai soif, je meurs de soif de naïveté. Parmi les proies qui servent à flatter mon orgueil, une retient particulièrement mon attention. C'est un Italien dont rêvent toutes les petites filles et qui a le prénom d'un prince. Il a trente-cinq ans et habite à une heure de Rome, dans les montagnes. La légèreté qui émane de ses photos donne envie de la goûter avec empressement. Il incarne la *dolce vita*, tout ce qu'il y a de plus attirant pour une fille qui ne cherche rien d'engageant. Disons que je désire la légèreté plus que tout le reste et que je ne considère rien de plus sérieux que le plaisir d'en jouir. À mon arrivée à l'aéroport de Rome, il m'aperçoit et dérobe ma robe des yeux. Lui n'est pas bien grand, mais son enveloppe corporelle suinte le désir. Par précaution, j'ai loué un appartement derrière le Colisée, non par crainte d'être tuée, mais par angoisse d'être coincée dans les pattes d'un homme qui ne me séduit pas. Cette angoisse s'efface comme par enchantement et nous vivons trois jours d'osmose. Je découvre la beauté de Rome, ses ruelles crades et l'orgasme culinaire. À la fin du séjour, nous prenons la route pour rejoindre sa villa dans les Abruzzes, où il est question de prolonger le rêve. Nous faisons un pacte : je reste chez lui tant que la cohabitation ne devient pas pénible. Notre complicité relève du miracle : elle est grandissante. Il me fait rencontrer des amis qui viennent séjourner chez lui et qui, lors des soirées tardives, nous confient le plaisir de nous regarder ensemble. Il me fait visiter les alentours de sa région en van, dans lequel nous dormons quelques nuits. Nous faisons l'amour partout : sur les rochers d'une rivière, dans la mer, dans son van, sur son van, à même le sol. Arrivés chez lui, nous prenons des bains qui durent des heures, un verre de vin rouge à la main, et la vie est une fête, et Paris n'existe plus, et le rire a définitivement remplacé les larmes. Après un mois de tendresse, la cohabitation n'est toujours pas devenue pénible et les sentiments naissent.

« Certaines personnes sont des parenthèses. Et vous êtes ma parenthèse, Monsieur. Enchanteresse, certes, mais parenthèse quand même. Vous me faites jouir le temps d'un mois ou deux, sourire, réfléchir aussi, pour créer en moi de nouveaux souvenirs qui éclaireront davantage au passage, si mystérieux soit-il, l'état amoureux que je convoite tant pour l'apprendre sagement. Vous n'êtes qu'une parenthèse, Monsieur, pleine et ronde au milieu d'une page pleine de mots, et c'est bien mieux. »

Kim m'appelle chaque jour comme à son habitude, mais elle s'inquiète et me met en garde contre le danger que peut provoquer la désillusion. Aussi, les obligations que j'ai à Paris m'arrachent à cette parenthèse italienne. Sur le sol parisien, mon désenchantement est brutal et se mêle à la brûlure du manque. Il ne faut jamais vivre trop longtemps dans un rêve, au risque d'y rester bloqué. En Italie, j'avais goûté l'absolu, bouleversée par une réalité à part qui redéfinissait désormais mon prisme. Là-bas, j'existais. Les jours suivant mon retour, mes sentiments pour cet homme que je veux taire grandissent malgré moi. L'Italien pour qui j'éprouve de grandes agitations a une conception du couple que je ne partage pas : il est polyamoureux. C'est le prix à payer lorsqu'on aime les gens libres. On se sent bien près d'eux, mais ils n'ont pas besoin de notre présence pour être heureux. Dans un siècle où la bassesse épouse le paraître, la démocratisation extrême des idéologies me perd. Aveugle et sourde, je suis convaincue que je lui suis indispensable et décide de partir à nouveau en Italie pour achever cette histoire. Il faut toujours aller au terme des films qu'on se raconte, sans cela, ils nous obsèdent et nous contrôlent. Les quelques jours passés auprès de lui me confirment que j'ai bien fait de revenir. Un adage dit que nous quittons les gens pour les mêmes raisons qui nous poussent au commencement à les aimer. Et c'est vrai. Tout ce qui me séduit au départ chez un homme finit par m'agacer. Sa légèreté contagieuse, que j'avais trouvée audacieuse dans un temps où les autres en sont dépourvus, me le rend quasi méprisable. Disons qu'il en met plein la vue, mais que cela ne mène jamais nulle part. Sûre de moi, je mets un voile sur mes sentiments et quitte définitivement les Abruzzes, cette villa et son propriétaire. En quittant cet homme coincé dans un rêve que je ne partage plus, je ferme la parenthèse enchanteresse une dernière fois.

« Il adorait qu'on lui dise non. Pour lui, le non d'une femme était en réalité un oui masqué de malice poussant le jeu de séduction à son paroxysme. Mais ce qu'il adorait, oh, ce qu'il adorait particulièrement, c'était cette règle du « jamais deux sans trois ». Jamais deux non sans trois, parce que le jeu du non a trop duré, et qu'enfin, l'on ne dit pas non à un tel nom qui dans le milieu est roi. »

Parmi toutes les personnes qu'Instagram me permet de rencontrer, il existe des erreurs. Parmi elles, il y a lui. C'est un acteur que j'adore. Il tombe par hasard sur mon compte et décide de m'aborder un matin d'avril. Je mets cet homme sur le même piédestal que Fabrice Luchini. Son éloquence est impressionnante et sa réflexion, toujours déconstruite, parvient d'une façon ou d'une autre, à me questionner à mon tour.

Nous avons quelques échanges sur Instagram et, rapidement, il me demande si je serais d'accord pour l'appeler afin de prolonger notre conversation de vive voix. Dans la panique, je lui suggère une rencontre autour d'un café le lendemain matin, dans les jardins des Tuileries. Mon offre est peu onéreuse pour un homme d'une telle envergure, mais elle doit lui sembler charmante puisqu'il accepte de me voir. La proposition que je lui fais impose une distance claire, en adéquation avec le vouvoiement qui ponctue nos messages.

Il change finalement l'heure de rendez-vous, qu'il repousse à plus tard, dans ses bureaux, sur le coup de 14 heures. C'est quelqu'un qui m'impressionne et dont le talent me fait arriver en retard. Je me change plusieurs fois, et finis par choisir un jean et des baskets. J'arrive devant un bâtiment haussmannien et, une fois dans le hall, appelle l'ascenseur qui me mène au cinquième étage. Il est accoudé contre sa porte d'entrée, habillé en costume noir mal taillé, les cheveux ébouriffés et le pas boitant. Un portrait à l'image qu'il renvoie dans ses films. il me fait une bise bancale comme sa démarche qui sonne l'alerte en moi, mais que je décide de faire taire. Je suis ici et il est trop tard.

Il m'invite à entrer dans un appartement prétentieux pour me conduire au salon, où trônent deux grands canapés en velours, dont un vert sur lequel je m'assois et un rouge, où il s'installe à son tour. La célébrité l'a érigé au rang de roi et le velours rouge qui tapisse son trône en témoigne. Mes textes, qu'il a complimentés et qui sont l'objet de ma visite, sont le premier sujet qu'il aborde pour engager la conversation. Je lui offre trois affiches qu'il lit chacune une fois, théâtral, et se met à réciter par cœur. Je réalise que le vouvoiement a disparu sans que je ne m'en aperçoive et, dans un accès de confiance, je l'entends me dire : « Ton téton est vraiment très joli. » Je l'appelle par son prénom pour le calmer comme les enfants, probablement aussi pour me calmer intérieurement, mais en vain, mes joues s'embrasent. Ma gêne ne semble pas le mettre mal à l'aise puisque le bougre réitère, effronté et digne, comme si une telle remarque pouvait me faire brûler de désir au point de lui arracher ses vêtements. Il se met à déboutonner sa chemise et ajoute « je peux te montrer les miens aussi ! » sur le ton de l'humour. Je lui demande gentiment d'arrêter avec un sourire nerveux. La disgrâce au bord des lèvres, je me retiens de lui cracher au visage, mais le souvenir du poids que je fais face à un tel gabarit me pétrifie sur place. Les loups nous suivent-ils toute notre vie ?

Notre court entretien se termine. Au moment de quitter l'appartement, je réalise qu'il a rendez-vous ailleurs, ce qui implique qu'il doit partir en même temps que moi, et cette réflexion me cause la même sensation désagréable qu'à mon arrivée. Je m'apprête à prendre les escaliers, et il insiste pour que nous montions dans l'ascenseur. Je suis tellement abasourdie par la scène à laquelle je viens d'assister que j'accepte, un sourire hypocrite aux lèvres et le corps droit. Intérieurement, je pense : « Tu vas voir toi, si tu essaies encore l'abus de faiblesse avec moi. »

Je ne sais pas quel est le pire à cet instant, entre des escaliers de cinq étages à descendre en compagnie d'un animal boiteux et affamé ou l'espace d'une minute collée à lui dans une minuscule cage ? Quand je monte dans l'ascenseur, la fragilité qu'il me trouve pour agir de la sorte rend mes pensées brutales. Cet homme-là n'a finalement rien d'admirable. Il joue l'émerveillé dénué de toute cruauté et d'idées salaces, mais son âme est pourrie par le pouvoir. La réalité, c'est qu'il est tout l'inverse de ce qu'il incarne. Depuis longtemps déjà, il a jeté aux oubliettes la candeur primaire de l'enfant qu'il fut et jouit du plein pouvoir qu'offre la vie de star. Étonnant lorsqu'on sait qu'il reconnaît qu'un Matzneff est à vomir. La spontanéité qui fait sa réputation élogieuse est un mensonge, et les pulsions grossières qui le dominent font de lui un ringard en mal de l'être. Durant notre court trajet qui consiste uniquement à appuyer sur un bouton pour aller du dernier étage au rez-de-chaussée, je le sens respirer contre moi. Il se met à dégager mes cheveux pour regarder mon sein avant d'ajouter : « Non, mais tu as vraiment un joli téton, Sarah, il faut que tu le saches, je me dois de te le dire encore. » Mon rictus grandit et lui marque mon mépris. Je le somme d'arrêter tout de suite en citant à plusieurs reprises et de façon insensée le prénom de mon père. L'absurdité de ma réaction change son visage. Il comprend et capitule, pareil au chasseur qui a raté à plusieurs reprises sa proie.

Pour se dédouaner de cette situation scabreuse, il lâche sa dernière carte et ose l'audace de l'humour : « Oh, ça va, je vais envoyer un petit message à mon avocate et tout sera réglé. » Et soudain, l'être pensant n'est plus ni acteur ni roi, ce n'est plus qu'un loup de plus, soumis à lui-même.

« Je m'éternise sur des cas sociaux, je les décortique et sans cesse les assassine, et quelle perte de temps que de m'attarder sur ces attardés qui n'ont pas encore pour toujours enflammé mon cœur ou l'ont simplement un peu plus abîmé, et je me demande, du haut de mes vingt-huit ans, combien de temps encore, seigneur de mon cœur et de mon rang, le temps sans toi me paraîtra si long. »

Un matin de février, je rencontre un homme que j'aurais pu peindre comme dans la chanson de Maxence. Il m'ajoute sur Instagram et, dès le lendemain, nous nous rencontrons autour d'un café près de chez moi. Cet homme-là ne sait pas ce qu'il dégage et c'est là tout son charme. Les beautés qui s'ignorent sont une gifle pour les cœurs blasés. Il a le visage doux et les yeux doux. Et même ses mains, sa peau, son corps tout entier sont doux. Il est comme un peignoir en soie qu'on enfile le matin et qu'on peine à enlever pour aller sous la douche. Durant cette première rencontre, nous nous regardons longuement. C'est un échange soutenu d'émotions silencieuses dont la violence qui en résulte crée un cocktail unique : compliqué, intense, dévorant. Nos regards disent : « Viens par-là, dépêche-toi que j'explore ton corps de baisers et de caresses. » Dans la vie, il est producteur d'humoristes et sa profession, dont il raffole, le place en haut de l'affiche. Ce coup de foudre réciproque nous pousse à nous revoir. Il m'invite à boire des chocolats chauds au Ralph's Lauren, me fait traverser Paris pour me couvrir de baisers chez lui et m'écrit tous les jours, tout le temps, avec une appétence prononcée pour les beaux mots. Il agit et me parle de manière à me faire tomber amoureuse. Si je n'étais pas aussi aveuglée par mes sentiments, je dirais que c'est un manipulateur, mais dans l'instant, je suis tellement charmée que je ne vois qu'un maître dans l'art d'aimer. Quand je publie de nouveaux textes sur Instagram, je suis toujours sûre de recevoir des réactions de sa part : « Cette lettre, tes mots, toi. Tout ton être. Mon Dieu, Sarah. » Notre début d'idylle est orchestré par son emploi du temps. Or, pour apprivoiser le cœur d'un homme, je sais l'importance physique et palpable, ce qui est impossible à distance. Un soir, il a l'élégance et l'honnêteté de dresser des drapeaux rouges que je décide de peindre en rose. J'apprends que deux mois plus tôt, il était fiancé à une femme qui l'a quitté parce qu'il travaillait trop.

« Méfiez-vous des apparences trompeuses et agréables. Méfiez-vous de vos désirs, du serpent qui les anime, de l'illusion de l'amour et de l'idéal. Méfiez-vous de la braise brûlant au creux du ventre, qui vous aveugle et porte la robe de la sous-estime. Trop souvent, nous dévaluons ce que nous méritons, par peur de perdre le serpent que nous avons nous-mêmes déguisé aux yeux de tous en merveilleux prince charmant. »

Nos rares entrevues laissent place à la correspondance amoureuse, dans laquelle il est le maître. Le reste du temps, je continue de passer ma vie avec Kim. Le soir, nous jouons les sorcières ; elle me tire les cartes pour voir si l'histoire entre mon producteur et moi est une affaire. Les cartes ne disent pas ce que je voudrais entendre. Kim étant proche de sa mère, nous passons beaucoup de temps avec elle. Un soir, lasse de nous voir déçues pour des hommes absents, elle nous suggère sans véritable sérieux de contacter une voyante dont la réputation est bonne. Mon producteur accompagne ses artistes en tournée dans toute la France, et moi, je suis la fille qui l'attend, coincée dans son téléphone, entre un Paris-Lyon ou un Bordeaux-Marseille. Feu dans le ventre : c'est ce qu'il me donne chaque nuit au point de me réveiller tous les matins à l'aurore. Je ne pense qu'à lui et, rapidement, il m'affame et devient mon unique raison de me réveiller le matin. Dans l'absence du producteur, Kim est mon seul réconfort. Elle prend soin de moi et tempère les scénarios qu'engendre le manque. Elle sait aussi, comme moi, et me le rappelle, qu'une relation embryonnaire peut finir, au mieux, en désenchantement brutal et, au pire, en long chagrin d'amour. Désarmée face à la frustration de ma situation, elle me donne le numéro de cette voyante évoquée quelques jours plus tôt. Je l'appelle.

« Je préfère à l'attente les départs. Perdre un être cher m'est douloureux, attendre m'est insupportable. »

C'est une femme très agréable avec un léger accent du sud de la France que je découvre au téléphone. Pour établir un bilan de mon avenir amoureux, elle me demande de choisir six chiffres entre 1 et 22. Elle fait le portrait exact de celui que j'aime. Elle me dit tout ce que je veux entendre et, en parfaite sorcière qui se respecte, elle ajoute : « J'évite toujours de le dire, mais c'est l'homme de votre vie. » La pauvrette que je suis prend cette formule comme un mantra. L'homme de ma vie, c'est lui. Or, plus j'appelle cette dame étrange pour avoir des réponses, plus mon producteur s'éloigne de moi. Les grandes agitations que je provoquais chez lui il y a seulement deux semaines commencent à s'éteindre et la rareté de ses messages en témoigne. Lors de ses passages à Paris entre deux tournées, il feint de me voir. Pour ne pas laisser le désespoir s'emparer de moi, je récite à voix basse mon mantra devant le miroir chaque soir et, pitoyable, je me répète : « C'est l'homme de ma vie, elle me l'a dit, c'est lui. »

Nier l'évidence en préférant écouter cette femme dans l'espoir qu'elle dise vrai devient une obsession maladive à laquelle je suis en proie tous les jours, chaque heure, chaque minute, jusque dans la nuit. Obsédée, maraboutée, complètement folle, je succombe à la perversité du déni. C'est écrit, me répète-t-elle, les cartes le disent dès que je tire, c'est lui, ma chérie. Dans ces appels lunaires qui me promettent le prince charmant au bout du fil, je dépense une somme folle en y mettant toute mon âme. C'est un week-end au bord de la mer, quelques jours après, qui confirme que ma raison est en danger. À travers la vitre d'une boutique, j'aperçois un pendule de cristal blanc. Avant de l'acheter, je lui parle à voix haute pour vérifier qu'il me répond.

Je lui pose quelques questions banales et m'adresse à lui comme à mon chat. Folle, disais-je, l'évidence est telle que je le suis. Une fois satisfaite par ses ronds circulaires, je décide de l'acheter, persuadée que ce morceau de roche aspirera toute ma tristesse. À mon retour à

Paris, un événement prévisible se produit : le producteur me quitte. Folle, toujours plus folle, je me mets à boire de façon excessive, seule dans mon appartement, enfermée dans un film d'amour qui n'a jamais commencé. Je suis si triste que j'ai de la peine pour moi, et même l'espoir, si mince soit-il, que le producteur revienne ne m'encourage pas à sortir de ma démence. La seule pensée que j'ai et qui tourne en boucle est la première nuit que j'ai passée dans ses bras. Cette nuit-là, il glissa ses doigts entre mes doigts et je sentis toute la douceur du monde m'envelopper. Sans nul mot, il chassait d'un geste tous les doutes, tous ces tourments indésirables qu'engendre la passion. Là, dans la caresse de ses doigts, la nuit n'était plus, le jour d'après n'existait pas. J'en veux à la lumière du jour de continuer à briller pendant que je m'enfonce dans cet enfer, noyée dans l'ombre d'un homme qui ne veut pas de moi. Même l'écriture ne me sauve pas. Mon seul refuge reste le pendule de cristal blanc.

Pour être une sorcière, le mode d'emploi est simple : il suffit d'être plongée dans le désespoir. Mes journées sont rythmées par la même cadence. J'allume une cigarette. Je l'écrase. Je fais tourner le pendule. Clic. Feu. Cendres. Pendule. Clic. Feu. Cendres. Pendule. Clic. Feu. Cendres. Pendule. Clic. Feu. Cendres. Pendule. Clic. Feu. Cendres. Pendule. Folle et grise, ma peau s'étiole. Mes larmes épuisent la couleur de ma peau et l'espoir déçu suce peu à peu mes entrailles jusqu'à faire disparaître entièrement mon appétit. Du matin au soir, toute la journée, la folie prend possession de moi pour me manger tout entière. Je deviens un monstre de tristesse que personne ne voit.

« Je suis tombée amoureuse de Bordeaux comme on tombe amoureux de Paris. J'ai retrouvé l'architecture versaillaise de mon enfance, un soupçon de Ré et une note de légèreté que n'offre plus la Ville lumière lors des longues nuits d'été. On sait qu'une ville porte un pouvoir lorsqu'elle parvient à nous donner l'impression, incessante, d'un déjà-vu. »

Il me faut cinq mois pour me relever d'une histoire d'amour que j'ai inventée de toutes pièces. Après cela, les jours sont moins amers, plus doux. Je rends régulièrement visite à ma mère, qui habite désormais à Bordeaux. Notre relation n'a plus de tache. Elle est lavée. Mon désir de vivre une grande passion a disparu et le palmarès des hommes que j'ai fréquentés me pousse à me questionner : et si je ne vivais que des histoires impossibles par peur de m'engager ? Je réclame de grandes agitations avec des hommes que, finalement, je déteste. Si je pouvais, je vivrais à Bordeaux avec Kim dans un château nimbé de bouteilles de champagne et de livres. Jouir uniquement d'ivresse et de poésie serait mon souhait. Puis, je conterais à Kim combien je suis triste de ne pas aimer les femmes tant je l'aime, et alors on se marierait. On disposerait des hommes à notre guise, ces hommes dont aucun ne sait nous combler mais sans qui nous ne pourrions vivre. Nous prendrions chacune quelques poètes pour baiser quand le corps exulte.

On les obligerait à porter des gants blancs, à nous vouvoyer et à nous appeler Madame. Peut-être que l'amour est simplement là, dans le rêve qu'on s'en fait.

« J'ai fait un rêve
Où je regardais une petite fille dessiner
Seule, dans un appartement froid
J'ai pris la petite fille dans mes bras
Fort, très fort, pour qu'elle me voie
Je lui ai caressé les cheveux, je l'ai aimée tout de suite
Fort, très fort
Et elle m'a dit
J'ai peur, enlève-moi
Alors je l'ai volée
Pour la garder contre moi
Cette petite fille, c'était moi. »

Depuis quatre ans, j'écris chaque jour des fragments sur internet pour anesthésier mon esprit. Comme mon grand-père, je déguise le sale en beau pour l'empêcher de m'avaler. Mais sur Instagram, mes textes sont vaniteux parce qu'ils cachent quelque chose. Ils n'ont rien de sauvage, au contraire, ils mentent comme une Versaillaise suffisante et polie. Par ces mots, je cherche à m'aimer de la mauvaise manière. Écrire un livre demande plus de profondeur. Il faut aller dans ses propres bas-fonds, mélanger la sauce avariée, et l'étaler sur soi dans l'espoir ardent de s'aimer après. Certaines filles de mon âge ont pour projet de faire des bébés, moi, je veux m'enfanter. Aller au bout du regret, être indiscrète et pénétrer le passé pour en faire mon allié. En écrivant ce livre, je me répudie tout entière : mes démons me font la cour et je leur fais allégeance. Kim me conseille un hypnothérapeute dont le doux nom se prononce « violent ». Mon éditeur m'y encourage. Je n'irai qu'une seule fois, et pour cause. Cette séance, où je me noie dans les yeux de l'enfant que j'étais, me trouble. Dans son regard, il y a un naufrage qu'elle n'admet pas. Elle est assise dans une pièce remplie de femmes nues exposées aux murs, le nez dans ses propres dessins. C'est la première fois de ma vie que je me dédouble, et cette dualité étrange me remplit d'affection pour moi-même. En sortant du cabinet, je remercie Violent et, sans m'en rendre compte, je pars avec la petite fille dans mes bras.

« J'écris des choses que je ne pense pas, je vis des choses que je n'écris pas. Tout le charme de l'imagination se situe là : lorsque la vie réelle m'ennuie, je rejoins l'autre. »

FIN.

Je voudrais remercier Kim, que je considère comme une sœur, sans qui le travail sur moi-même n'aurait pas été possible, ainsi que tous mes amis proches, qui m'accompagnent depuis le début dans ce projet de création. Agathe, Baptiste, Camille, Jonathan, Jordan, Jeremy, Sharon, Laura, Lola, Anaëlle, Laurie, Alexandre, Caroline, Raphaëlle, Coco, vous êtes mes fiables.

Merci à mon éditeur, Olivier, pour sa patience et son honnêteté.

Merci également à ma famille et à feu mon grand-père, qui m'épaule, je le sais, de là où il est.

Enfin, merci à ma communauté, qui m'a poussée à écrire ce livre et n'a jamais cessé de m'exprimer l'impatience de le voir naître.

Composition
PRESS·PROD

Imprimé en France par
CPI Brodard & Taupin
en janvier 2023

Dépôt légal : février 2023
N° d'impression : 3050761
ISBN : 978-2-7499-5296-3